D. H. Lawrence

Daughters
of the Vicar
Les filles
du pasteur

Traduit de l'anglais
par Colette Vercken

Traduction révisée,
préface et notes de Bernard Jean

Gallimard

PRÉFACE

Rien de plus banal que l'intrigue des Filles du pasteur. *Lawrence le sait bien ; il a souvent utilisé ce schéma des* Deux mariages — *c'est le titre de notre nouvelle dans son état primitif de 1911 — en particulier dans ce qui est probablement son chef-d'œuvre,* Femmes amoureuses, *et dans son premier roman,* Le paon blanc. *Il déclare à ce sujet : «Le plan habituel consiste à prendre deux couples et à faire évoluer leurs aventures amoureuses [...] La plupart des œuvres de George Eliot suivent ce plan.» Il veut choquer, bien sûr, en se rattachant implicitement à une tradition romanesque qu'il rejette par ailleurs. Mais ne pourrait-on pas abonder dans son sens et évoquer aussi Jane Austen, chez qui le mariage des filles est pratiquement l'unique sujet ?* Les filles du pasteur, *même, restent à certains égards plus proches de Jane Austen que du Lawrence de la maturité. Comme chez la grande romancière, nous sommes dans une famille de la* gentry, *où s'exerce un conflit très rude entre les prétentions sociales et le niveau des revenus. Famille de pasteurs, comme l'était celle de la romancière... Comme chez elle, nous sommes dans la comédie de mœurs la plus réussie. La* famille Lindley a connu la société rurale, où les gens d'église fraient avec l'aristocratie. Mais les voici dans l'Angleterre industrielle, où il n'y a pas d'aristocratie. Ils doivent affirmer seuls leur supériorité vis-à-vis d'une classe laborieuse qui n'éprouve pas le besoin de les respecter. Comme ils sont aussi pauvres que leurs pauvres, ils balancent entre le ridicule et la méchanceté. Miss Mary, leur fille aînée, est belle, et épousera Mr Massy, le petit pasteur, chétif mais fortuné, qui vient faire un remplacement dans la paroisse. Elle essaie de lui trouver des qualités morales pour justifier une affligeante absence de qualités physiques, puis, pour se donner le courage de vivre cette frustrante soumission, elle reportera son potentiel d'amour sur ses enfants. La famille ferme les yeux sur ce sacrifice, car elle a besoin de l'aide financière qui l'accompagne. Elle acceptera de même toutes les petites manies du gendre. Louisa, la fille cadette, est «muette de colère et d'amertume» de voir Mary choisir l'argent et le rang social. Elle retire sa confiance, sinon son affection, à sa sœur aînée. Nous avons compris qu'elle est très sensible au charme d'un jeune homme du village, Alfred Durant, et bien décidée à l'avoir, s'il veut d'elle. Elle se reconnaît le droit à un mariage d'amour. Mais Durant est mineur de fond. Les parents se sentiront insultés par le choix de leur fille. Néanmoins, leur pauvreté les conduira, comme pour Mary, à laisser faire, non cependant sans avoir révélé l'abjection de leurs préjugés de classe.

En regard de cette chronique bourgeoise, le récit, entièrement construit sur les parallèles et les oppositions, nous introduit dans le cottage des Durant, faisant de nous les témoins successivement de la mort du père et de la mère d'Alfred, et le contrepoint précis de cette *construction, de même que le classicisme parfait de la narration et la vérité absolue des dialogues nous forcent à admirer le métier de Lawrence. Or, il faut insister sur ce métier, sur cette maîtrise de l'art du récit. Car si le génie de Lawrence n'a jamais été sérieusement mis en cause, on l'a souvent pris pour un créateur brouillon, trop individuel, et incapable de se plier aux exigences de la logique et du bon sens. Il est temps que ce vieux lieu commun finisse d'expirer.* Les filles du pasteur *n'est pas encore une symphonie savamment orchestrée comme* L'arc-en-ciel *ou* Femmes amoureuses, *mais c'est une espèce de fugue où tout se tient, où les idées s'appellent et se répondent avec nécessité.*

Ce n'est donc pas vraiment une boutade que de rapprocher Lawrence de George Eliot ou de Jane Austen. Il les a manifestement admirées et pratiquées, mais ce serait se fourvoyer sur une fausse piste que de vouloir s'en tenir à la surface du texte, alors que son originalité même est de nous faire accéder aux troubles motivations de l'inconscient. L'auteur tant de fois censuré de L'amant de Lady Chatterley *n'a pas pour propos de mettre en garde les filles et leurs familles contre les mariages d'argent, mais de faire passer son plaidoyer en faveur d'une redécouverte de la sensualité dans un monde industrialisé stérile.*

C'est d'abord en examinant la démarche — on pourrait dire la trahison — de Mary, qu'il nous fait comprendre son message. En bonne Anglaise formée aux principes victoriens, elle a valorisé la spiritualité et l'intellectualisme et elle a refoulé tous ses instincts naturels : «Elle s'était débarrassée de son corps. Elle avait vendu une chose vile, son corps, en échange d'une chose supérieure, la libération des contraintes matérielles. Elle considérait qu'elle avait payé tout ce qu'elle recevait de son mari. » Mais ce calcul est faux. Elle a beau tout faire pour se leurrer, son choix ne lui apporte aucune satisfaction et elle continue sa lutte « héroïque » : « Elle se renferma en elle-même, elle se raidit en elle-même, pour se protéger des tortures de la honte et de l'horreur de la profanation [...]. Si elle s'était laissée aller, elle serait arrivée à le haïr, haïr ses pas feutrés dans la maison, sa voix fluette dénuée de compréhension humaine, ses petites épaules voûtées et son visage mal ébauché qui lui faisaient penser à un avorton. » Au moment de la naissance de son premier enfant, elle découvrira qu'il n'est guère possible de renoncer à la dimension physique de la vie : « Sa chair piétinée et réduite au silence, elle allait s'exprimer à nouveau dans cet enfant. En somme, elle devait vivre, ce n'était pas si simple que cela. »

Par inférence, nous voyons ce qui fait le credo de Miss Louisa ; c'est l'inverse : « — Ils ont tort ; ils ont entièrement tort. Ils ont pulvérisé leur âme pour obtenir en échange ce qui n'a aucune valeur, et il n'y a pas un atome d'amour en eux. Et moi, je veux l'amour. Ils veulent qu'on s'en passe. Ils ne l'ont jamais connu, alors ils veulent affirmer qu'il n'existe pas. Mais moi, je veux l'amour, je veux aimer, c'est mon droit. Je veux aimer l'homme que j'épouserai. Le reste m'est égal. » Dès le deuxième chapitre nous comprenons à quel point elle est attirée par Alfred. Plus tard, après l'avoir revu au chevet du vieux Durant, Louisa est « hantée » par le souvenir du garçon. Elle parle avec Mary de cette rencontre et ne peut s'empêcher de le comparer à Mr Massy. C'est comme si son attirance pour l'un se nourrissait de sa répugnance vis-à-vis de l'autre. Mary prend la défense du pasteur et un double portrait se dégage. Il ne s'agit pas seulement du contraste, au physique, entre la disgrâce de l'un et la prestance de l'autre. L'absence de charme de Mr Massy provient surtout de l'hypertrophie, chez lui, des fonctions intellectuelles, cette «affirmation de lui-même», cette volonté froide et abstraite qui l'isole des autres : «Ils se rendirent bientôt compte que la gamme complète des sentiments humains lui faisait défaut. [...] Sa bonté effrayait presque Miss Mary [...] Car [...] Mr Massy ne semblait tenir aucun compte des personnes [...] qu'il secourait.» À côté de cette force glaciale, à laquelle Mary voudra se soumettre, il y a l'étincelle du désir, que Louisa a connue : «Dans le cœur de la jeune fille, la décision était prise. Aucun homme n'avait eu d'effet sur elle comme Alfred Durant et elle s'en tenait là. Dans son cœur elle était liée à lui. [...] Sa peau était admirablement blanche et unie, d'une blancheur solide et opaque. Peu à peu Louisa s'en rendit compte : cela aussi, c'était lui. Elle en était fascinée. [...] Il y avait cette source de vie. Son cœur brûla. Elle avait atteint un but, ce beau corps, clair et viril.» Or, passer à côté de cette révélation serait quelque chose de sacrilège : «Louisa, la fille pratique, eut soudain le sentiment que Mary, son idéal, était discutable après tout. Elle ne pouvait pas être jugée pure; on ne peut pas se souiller dans ses actes et conserver la spiritualité de l'âme. Louisa se méfiait de la haute spiritualité de Mary, qui ne lui apparaissait plus comme authentique.»

Dans Fils et amants, le jeune Paul Morel nous fait comprendre la nécessité, dans toute vie humaine, de l'expérience d'une authentique passion : «Je pense que ma mère a connu la vraie joie et la véritable satisfaction auprès de mon père, au début. Je crois qu'elle l'a aimé passionnément; c'est pourquoi elle est restée avec lui. [...] C'est ce qu'il faut avoir connu, d'après moi, continua-t-il, la vraie, vraie flamme du sentiment qui vous unit à une autre personne — une fois, une fois seulement, même si ça ne dure que trois mois. » Lawrence renverse la morale traditionnelle. Il ne faut pas se méfier de ses instincts et écouter la voix de la raison, mais le contraire. C'est la raison qui nous trompe. Il écrit dans une de ses lettres : « Ma grande religion, c'est que je crois que le sang, ou la chair, possèdent plus de sagesse que l'intellect. Nous pouvons faire fausse route par l'esprit. Mais ce que notre sang ressent, pense et nous dit, est toujours vrai. L'intellect n'est qu'un mors avec sa bride. Que m'importe la connaissance. Tout ce que je veux, c'est assumer l'appel de mon sang, directement, sans la futile intervention de l'esprit, de la morale ou de je ne sais quoi encore. » Néanmoins, dans le cas de Louisa, dire que ce « quelque chose de grand et d'intense qui vous transforme » se ramène au seul amour physique est une simplification. Ce qui l'attire vers Alfred, c'est autant les sentiments qu'il a pour ses parents, sa joie de vivre, que ses traits, ses muscles et sa voix. Elle donne sa définition du jeune homme : elle voit en lui un « jaillissement de vie, droit et pur ». Cette formule doit être expliquée. Elle ne signifie pas, platement, qu'Alfred est plein de vie. Mais plutôt que « la vie » est bien servie par lui. Dans la vision manichéenne de Lawrence, on peut agir dans le sens de la vie, ou en s'opposant à elle. Dans « À propos de L'amant de Lady Chatterley », il déclare : « Bouddha, Platon, Jésus, tous trois ont été d'absolus pessimistes vis-à-vis de la vie, enseignant que le seul bonheur consiste à se soustraire à la vie. » Mr Massy, à cause de sa nature froide et abstraite, Mr et Mrs Lindley, mais aussi Mary, à cause de leur terreur de la pauvreté, choisissent le camp des adversaires de la vie. L'infériorité de leur morale, celle de la société, par rapport à la morale de la vie, est facile à démontrer : on la sent dans tous les actes de la famille Lindley, ainsi que, par contraste, dans le comportement d'Alfred. Cela ne se voit nulle part mieux que dans la scène finale, où les Lindley s'abaissent jusqu'à demander au jeune couple déclassé de s'expatrier, car ils veulent éviter « l'humiliation » de sa présence. On peut s'étonner de la facilité avec laquelle Alfred consent à toutes les conditions posées. C'est moins faiblesse et soumission que conscience des enjeux : « Toute créature qui atteint la plénitude de son être, de son être vivant, devient quelque chose d'unique, de merveilleux. Elle a sa place dans la quatrième dimension, dans le paradis de l'existence, et là elle apparaît dans sa perfection incomparable », écrit Lawrence dans Réflexions sur la mort d'un porc-épic. Dans cette perspective, les problèmes qui accablent Mr et Mrs Lindley sont peu de chose pour le jeune homme qui vient de se découvrir dans l'amour d'une femme. Mais nous ne devons pas confondre la réalisation de soi par l'amour avec une vie facile, ou même avec le bonheur. L'amour, c'est plus que le bonheur, mais ce n'est pas nécessairement le bonheur. La mère de Paul Morel a atteint ce degré d'épanouissement, mais elle a surtout connu la discorde et les frustrations. La passion de Lawrence et de Frieda fut aussi des plus orageuses. Tom Brangwen, dans L'arc-en-ciel, sait « dans le tréfonds de son âme » que l'amour est « l'affaire la plus sérieuse de toutes », mais qu'elle est aussi « la plus terrifiante ». Dans notre nouvelle, nous sentons bien cette terreur : « Elle était pour lui une chose

13

stable, inébranlable et éternelle qui lui était offerte. Le cœur d'Alfred brûlait d'une angoisse d'incertitude. De vifs élancements de frayeur et de douleur lui traversaient les membres. » Quelques instants plus tard, nous le voyons pâlir sous la poussière de charbon qui souille son visage. Il est à la fois « épouvanté » et « dompté » par cet amour nouveau : « Le visage de Durant s'anima, il se pencha en avant, en suspension, la fixant droit dans les yeux, torturé, dans un torrent d'angoisse, incapable de se reprendre [...]. Leurs âmes furent à nu quelques secondes. C'était intolérable. » Finalement, Alfred, qui a résisté de toutes ses forces avant de se donner, embrasse Louisa, et en la trouvant il se trouve lui-même. La brutalité de cette étreinte fait songer à deux atomes qui se fondent dans une réaction chimique. L'onde de choc secoue tout : « Ils restèrent longtemps silencieux, trop empêtrés de passion, de chagrin et de mort pour ne pouvoir que s'étreindre dans la douleur, et s'embrasser en longs baisers douloureux où la peur se transmuait en désir. »

Les réticences, ou plutôt, les « blocages » d'Alfred, qui le font tant hésiter avant de répondre à l'appel solennel de la passion, ne s'expliquent pas seulement par la dimension tragique de l'engagement amoureux. Certains traits psychologiques du jeune homme ne s'éclairent vraiment que par extrapolation, en tenant compte du contenu autobiographique de la nouvelle et de ses liens avec le grand roman qui lui est contemporain : Fils et amants. Alfred, c'est Paul Morel ou D. H. Lawrence lui-même, mais en beaucoup moins intellectuel, à cause des nécessités internes du récit : il faut que l'accent soit mis sur la solidité physique, sur le corps, qui est l'outil du mineur. Et en même temps, pourtant,

Durant nous est décrit comme un garçon sexuellement immature, presque efféminé : «Il était presque absolument chaste. Une sensibilité trop développée l'avait éloigné des femmes. [...] Il avait un mouvement de recul et de défense à l'approche de toute femme. Puis il avait honte. Dans le tréfonds de son âme, il ne se considérait pas comme un homme; il était inférieur à l'homme normal.» Il envie à ses compagnons leur absence d'états d'âme devant le plaisir et le sexe et, pour se faire accepter, il imite, sans grand mal d'ailleurs, leurs façons viriles. Mais si les mineurs se laissent prendre à son jeu, sa mère, elle, se rend compte qu'il lui manque quelque chose : «Au fond, elle n'en était pas absolument satisfaite, il ne lui semblait pas assez viril, [...] elle l'aimait, avec tendresse, avec quasiment de la pitié, mais sans considération. Elle pensait qu'un homme doit être ferme, doit aller son chemin sans se soucier des femmes, et elle savait qu'Alfred était sous sa dépendance.» En somme, l'attitude paradoxale d'Alfred est due au fait qu'«il ne s'est pas libéré» de sa mère : «[...] il lui demeurait fidèle. Ses sentiments pour elle étaient profonds et inexprimés. Quand elle était fatiguée, ou qu'elle arborait une nouvelle coiffe, il s'en apercevait. Et il lui faisait parfois de petits cadeaux. Elle n'avait pas la sagesse de voir à quel point il vivait pour elle.» Lawrence considérait que son propre développement sexuel avait été inhibé par un amour excessif entre sa mère et lui. Dans Fils et amants, *il semble faire porter sur elle la responsabilité de ses échecs amoureux. Plus tard, il s'en fera le reproche à lui-même, déclarant à Jessie Chambers : «Je l'ai aimée, comme un amant. C'est pourquoi je n'ai jamais pu t'aimer, toi.» Louisa se rend bien compte de l'existence de ce sen-*

15

timent. Elle assiste à leurs querelles d'amoureux, leurs moments d'incompréhension et pense, peu avant la mort de Mrs Durant, que «la situation devenait sans espoir, entre eux». Cette mort répond donc à une nécessité du récit : par son amour, Mrs Durant empêche le plein épanouissement d'Alfred : «Cet étrange parti pris de rester à l'écart, de faire abstraction d'elle-même et de ne répondre que ce qu'elle jugeait bon pour les oreilles de son fils, rendait les relations entre la mère et le fils poignantes, et, pour Miss Louisa, contrariantes. Cela retirait à l'homme toutes ses compétences, le réduisait à rien. Louisa tâtonnait comme pour le retrouver. [...] Cela rendait la jeune femme perplexe et lui faisait froid dans le dos.» Le grand amour ne sera possible qu'après cette tragique séparation. Il ne suffit pas à Alfred de descendre dans la mine, c'est-à-dire, symboliquement, de descendre dans sa conscience, pour devenir un homme, il lui faut aussi lâcher les amarres œdipiennes.

Un autre obstacle à l'amour de Louisa est constitué par l'écart social qui la sépare d'Alfred. On peut y voir le véritable sujet des Filles du pasteur. Lawrence, fils de mineur, est totalement insensible à l'esprit de classe qui hante la société anglaise, et colore la pensée de ceux-là mêmes, qui, comme George Orwell, font tout leur possible pour le combattre. La valeur d'un homme ne tient pas à sa position. On le voit bien chez le pasteur Lindley : «Il n'avait pas beaucoup de personnalité, ayant toujours compté sur sa position sociale pour lui donner de l'autorité sur ses semblables.» C'est «un homme sans rien de spécial». Que des gens comme lui puissent être considérés comme supérieurs à un Alfred Durant n'est pas seulement scandaleux, mais comique. Lawrence exploite toutes les ressources traditionnelles de cette dis-

tinction entre «homme» et «être social». Il est en revanche plus original et plus subtil quand il examine le conflit des classes du point de vue du peuple. Celui-ci, au fond, préférerait ne rien avoir à faire avec ces gens qui se considèrent supérieurs. Au début de l'histoire, la population dans son ensemble essaie de faire comprendre au nouveau pasteur qu'il ferait mieux de laisser les familles des mineurs tranquilles. L'hostilité se couvre d'un vernis de politesse, car on ne veut pas se mettre en tort, perdre sa propre estime. Mais cette politesse peut être aussi agressive qu'une insulte. Il suffit de l'exagérer un peu. Louisa a souvent le sentiment qu'Alfred lui-même a recours envers elle à cette stratégie : en affectant le plus profond respect, il veut la tenir à distance : «Il n'était plus le même. Il était la volonté qui obéit en face de la volonté qui commande. Elle avait du mal à admettre cela. Il s'était placé hors de son atteinte. Il s'était attribué un rang inférieur, il devenait son subalterne. Et c'était ainsi qu'il comptait lui échapper, éviter tout rapport avec elle.» De même, dans L'amant de Lady Chatterley, *Mellors, le garde-chasse, aura recours à la déférence du domestique, appelant Connie* «Your Ladyship», *tant qu'il voudra se protéger d'un amour auquel il ne croit pas tout à fait. À chaque fois, Connie en sera mortellement blessée. Car il s'agit bien d'un rejet, et c'est ainsi que Louisa ressent la difficulté de ses rapports avec Alfred et sa mère : «Et de nouveau Louisa se sentit exclue de leur vie. Elle restait assise, souffrant, les larmes de la déception lui tombant sur le cœur. Était-ce tout ? Alfred monta. Il était propre, en bras de chemise. Il avait l'air d'un ouvrier, maintenant. Louisa eut l'impression qu'ils étaient étrangers l'un à l'autre, qu'ils se mou-*

vaient dans des vies différentes. » Alfred se remet à trai-
ter Miss Louisa comme une dame, et leur appartenance
sociale va continuer à les séparer jusqu'à la grande
scène de la visite de Louisa au cottage.

Il ne faut donc pas s'étonner si Louisa elle-même
renonce parfois à franchir cette barrière de classe.
Devant les provocations d'Alfred, elle réagit naturelle-
ment en acceptant le fossé qui les sépare et en se prépa-
rant à la renonciation. Mais son cœur est obstiné, et il
lui suffit de recevoir du garçon le moindre encourage-
ment pour reprendre sa quête légitime. Tous les obstacles
finiront par tomber, grâce à son courage et à son humi-
lité de femme amoureuse.

Comment situer Les filles du pasteur *dans l'œuvre*
de Lawrence ? Ce n'est qu'une nouvelle, mais Lawrence
est un maître reconnu de ce genre. Dans la célèbre étude
de 1953, Lawrence romancier, *le critique F. R. Lea-*
vis lui consacre un chapitre entier. Par sa construction,
c'est presque un roman et on y trouve en raccourci les
thèmes et les intuitions des œuvres de la première
période, avec cette profondeur d'observation qui nous
force à reconnaître la vérité des personnages, alors même
qu'ils se comportent à l'inverse des stéréotypes dont nous
avons l'habitude.

Ce qui lui manque, c'est la langue poétique des
romans de la maturité. Tout nouveau lecteur est frappé
par le caractère rigide et quelque peu démodé du style.
Les aperçus psychologiques sont criants de moder-
nité et l'expression reste victorienne. Il faut dire aussi
que Lawrence, comme ses devanciers, explique pour
convaincre. Certes, il n'est ni intellectuel ni abstrait, et
il commence à employer son vocabulaire propre, si pro-

blématique pour le traducteur, mais s'il nous intéresse et nous étonne, il ne nous enthousiasme pas. C'est avec L'arc-en-ciel qu'il découvrira que ce dont il veut nous parler ne se communique pas au moyen de concepts mais s'appréhende dans une intuition émotionnelle. À cette fin, il mettra au point cette prose incantatoire qui confond dans une même description poétique les mouvements secrets de l'âme et un univers symbolique d'objets qui les entoure et qui les cause. Certains préfèrent la première manière. Et en tout cas, Les filles du pasteur, *incontestable petit chef-d'œuvre, nous offre une voie d'accès facile et naturelle à un grand écrivain souvent ardu.*

Bernard Jean

CHRONOLOGIE

1885 Le 11 septembre. Naissance à Eastwood.

1897 Reçu à l'examen des bourses et entre à la Nottingham High School.

1901 Fait la connaissance de Jessie Chambers ; quitte l'école ; travaille chez Haywoods à Nottingham ; contracte une sévère pneumonie. Mort de son frère Ernest.

1902-1905 Élève-instituteur à Eastwood et Ilkeston.

1905 Rédaction des premiers poèmes.

1906-1908 Étudiant à l'université de Nottingham ; commence *Le paon blanc*.

1908 Devient instituteur à Croydon.

1910 Mort de sa mère.

1911 Fait la connaissance de l'éditeur Edward Garnett. Commence son deuxième et son troisième roman ; écrit la nouvelle *Les filles du pasteur* ; publie *Le paon blanc* ; deuxième attaque sérieuse de pneumonie ; quitte Croydon.

1912 Fait la rencontre de Frieda Weekley. Se rend avec elle en Allemagne, puis en Italie.

1913 Année passée en Angleterre, en Allemagne et en Italie ; fait la connaissance de l'écrivain Katherine Mansfield et de son mari John Middleton Murry. Commence *The Sisters* ; publie des poèmes et *Fils et amants*.

1914 Retour en Angleterre ; plusieurs domiciles dans l'année ; le 13 juillet : épouse Frieda. Rencontre avec l'aristocrate Ottoline Morrel ; publie la nouvelle *The Prussian Officer*.

1915 Amitié avec Bertrand Russell (ils rompront spectaculairement l'année suivante) ; publie *L'arc-en-ciel*.

1916 Vit en Cornouailles britannique ; termine *Femmes amoureuses*.

1917 Expulsé de Cornouailles ; installation dans le Berkshire ; commence *La verge d'Aron*. Publie un nouveau recueil de poèmes : *Look, We've Come Through !*

1918 Écrit la nouvelle *Le renard* ; publie *New Poems*.

1919 Se rend en Italie, alors que Frieda va en Allemagne.

1920 Visite la Sicile et Malte ; publie *Femmes amoureuses*.

1921 Se rend en Sardaigne, en Allemagne et à Capri.

1922 Visite Ceylan, l'Australie, et s'installe aux États-Unis. Écrit *Kangourou*.

1923 Visite le Mexique ; retourne à Londres ; mort de son père ; publication de *Studies in Classic American Literature*.

1924 Retourne aux États-Unis ; seconde visite au Mexique ; grave attaque de tuberculose ; écrit la nouvelle *St. Mawr*.

1925 Retour à Londres ; se rend en Italie ; se fixe à Florence. Écrit la nouvelle *The Princess*.

1926 Passage à Londres ; retour à Florence ; fait la connaissance d'Aldous Huxley ; écrit les deux premières versions de *L'amant de Lady Chatterley*.

1927 Commence la troisième version de *L'amant de Lady Chatterley*.

1928 Voyage en Suisse et dans le midi de la France ; publication de *L'amant de Lady Chatterley* et de *Collected Poems*.

1929 Séjour en France entrecoupé de voyages à Majorque et en Allemagne. Exposition de toiles de Lawrence à Londres : certaines sont saisies par la police.

1930 Le 2 mars : mort à Vence (Alpes-Maritimes).

Daughters of the Vicar
Les filles du pasteur

I

Mr Lindley was first vicar of Aldecross. The cottages of this tiny hamlet had nestled in peace since their beginning, and the country folk had crossed the lanes and farm-lands, two or three miles, to the parish church at Greymeed, on the bright Sunday mornings.

But when the pits were sunk, blank rows of dwellings started up beside the high roads, and a new population, skimmed from the floating scum of workmen, was filled in, the cottages and the country people almost obliterated.

To suit the convenience of these new collier-inhabitants, a church must be built at Aldecross.

I

Mr Lindley était le premier pasteur anglican[1] qu'ait eu Aldecross. Les maisons de ce minuscule hameau étaient paisiblement nichées là depuis des siècles, les campagnards avaient toujours pris les chemins et traversé les terres, deux ou trois miles à parcourir, pour se rendre à l'église paroissiale de Greymeed, par les beaux dimanches matin.

Mais quand on eut creusé les puits de mine, des rangées de logements sans visage s'élevèrent en bordure des routes, une nouvelle population, écume du flot nomade des travailleurs, vint les remplir, et les maisons campagnardes et leurs habitants furent presque réduits à rien.

Pour répondre aux besoins de cette nouvelle population de mineurs, il fallut construire une nouvelle église à Aldecross.

---

1. *Vicar* correspond au français « curé » mais ne s'applique qu'à l'église anglicane.

There was not too much money. And so the little building crouched like a humped stone-and-mortar mouse, with two little turrets at the west corners for ears, in the fields near the cottages and the apple trees, as far as possible from the dwellings down the high road. It had an uncertain, timid look about it. And so they planted big-leaved ivy, to hide its shrinking newness. So that now the little church stands, buried in its greenery, stranded and sleeping among the fields, while the brick houses elbow nearer and nearer, threatening to crush it down. It is already obsolete.

The Reverend Ernest Lindley, aged twenty-seven, and newly married, came from his curacy in Suffolk to take charge of his church. He was just an ordinary young man, who had been to Cambridge and taken orders. His wife was a self-assured young woman, daughter of a Cambridgeshire rector. Her father had spent the whole of his thousand a year, so that Mrs Lindley had nothing to her own. Thus the young married people came to Aldecross to live on a stipend of about a hundred and twenty pounds, and to keep up a superior position.

Les ressources étaient maigres. La petite bâtisse s'était tapie comme une souris de pierre et de mortier, qui aurait eu pour oreilles les deux petites tourelles du côté ouest, au milieu des champs, près des maisons campagnardes et des pommiers, aussi loin que possible des logements de la grand-route. Elle avait quelque chose de timide et d'effacé. Et donc on y planta du lierre à grandes feuilles pour cacher sa chétive[1] nouveauté. De sorte que maintenant la petite église est enfouie dans sa propre verdure, isolée et endormie au milieu des champs, tandis que les maisons de brique se rapprochent de plus en plus, la bousculent et menacent de l'écraser. Elle constitue déjà un archaïsme.

Le Révérend Ernest Lindley, âgé de vingt-sept ans et récemment marié, arriva d'une paroisse[2] du Suffolk pour administrer cette église. C'était un jeune homme sans rien de spécial, qui avait étudié à Cambridge et était entré dans les ordres. Sa femme était une jeune personne très assurée, fille d'un recteur du Cambridgeshire. Son père dépensait la totalité de son traitement de mille livres par an et Mrs Lindley ne possédait pas un sou. Les deux jeunes époux arrivèrent à Alde-cross pour vivre d'un traitement d'environ cent vingt livres par an, et pour y tenir un rang élevé.

1. *Shrinking* signifie «qui rétrécit»; l'église se remarque d'autant moins qu'elle est neuve; on aurait pu proposer «insignifiante».
2. *Curacy* indique qu'il n'était que vicaire dans cette paroisse.

They were not very well received by the new, raw, disaffected population of colliers. Being accustomed to farm labourers, Mr Lindley had considered himself as belonging indisputably to the upper or ordering classes. He had to be humble to the county families, but still, he was of their kind, whilst the common people were something different. He had no doubts of himself.

He found, however, that the collier population refused to accept this arrangement. They had no use for him in their lives, and they told him so, callously. The women merely said, "they were throng," or else, "Oh, it's no good you coming here, we're Chapel." The men were quite good-humoured so long as he did not touch them too nigh, they were cheerfully contemptuous of him, with a preconceived contempt he was powerless against.

At last, passing from indignation to silent resentment, even, if he dared have acknowledged it, to conscious hatred of the majority of his flock, and unconscious hatred of himself, he confined his activities to a narrow round of cottages, and he had to submit. He had no particular character, having always depended on his position in society to give him position among men.

Ils ne furent pas très bien reçus par cette nouvelle population minière, peu croyante et peu raffinée. Habitué aux paysans, Mr Lindley se considérait comme appartenant sans conteste à la classe supérieure, la classe dirigeante. Il devait rester humble vis-à-vis de la bonne société du comté, mais pourtant ces gens étaient du même milieu, alors que les gens du commun étaient tout à fait à part. Il n'avait pas le moindre doute sur sa position.

Il découvrit néanmoins que les mineurs refusaient d'accepter ce point de vue. Il n'y avait pas de place pour lui dans leurs existences et ils le lui firent comprendre sans ménagements. Les femmes disaient simplement : «Nous avons trop à faire», ou encore : «Cela ne sert à rien que vous nous rendiez visite, nous sommes méthodistes.» Les hommes étaient bien disposés tant qu'il ne les approchait pas de trop près, ils le méprisaient sans animosité, d'un mépris préconçu contre lequel il était impuissant.

À la fin, passant de l'indignation à une rancune silencieuse, et même, s'il avait osé le reconnaître, à une haine consciente pour la majeure partie de ses ouailles et à une haine inconsciente envers lui-même, il limita ses activités à un cercle étroit de foyers et ne put éviter de capituler. Il n'avait pas beaucoup de personnalité, ayant toujours compté sur sa position sociale pour lui donner de l'autorité sur ses semblables.

Now he was so poor, he had no social standing even among the common vulgar tradespeople of the district, and he had not the nature nor the wish to make his society agreeable to them, nor the strength to impose himself where he would have liked to be recognized. He dragged on, pale and miserable and neutral.

At first his wife raged with mortification. She took on airs and used a high hand. But her income was too small, the wrestling with tradesmen's bills was too pitiful, she only met with general, callous ridicule when she tried to be impressive.

Wounded to the quick of her pride, she found herself isolated in an indifferent, callous population. She raged indoors and out. But soon she learned that she must pay too heavily for her outdoor rages, and then she only raged within the walls of the rectory. There her feeling was so strong that she frightened herself. She saw herself hating her husband, and she knew that, unless she were careful, she would smash her form of life and bring catastrophe upon him and upon herself. So in very fear she went quiet. She hid, bitter and beaten by fear, behind the only shelter she had in the world, her gloomy, poor parsonage.

Children were born one every year; almost mechanically, she continued to perform her maternal duty, which was forced upon her.

Or il était si pauvre qu'il était peu considéré même par la classe des vulgaires petits commerçants du district, et il n'était pas dans sa nature ou dans ses intentions de gagner leur sympathie; et il n'avait pas non plus la force de s'imposer là où il aurait aimé se faire accepter. Il suivait péniblement sa route, pâle, déprimé et distant.

Au début sa femme fut malade d'humiliation. Elle plastronnait et traitait tout le monde de haut. Mais ses revenus étaient trop minces, son combat avec les factures des commerçants était trop pitoyable et elle ne recueillait jamais que moqueries grossières quand elle essayait d'impressionner.

Blessée au plus vif de sa fierté, elle se trouva isolée au milieu d'une population rude et indifférente. Elle rageait chez elle comme dehors. Mais bientôt elle comprit qu'elle aurait à payer trop cher ses colères, si elle les manifestait, et elle les réserva pour l'intimité du presbytère. Là, ses sentiments étaient si violents qu'elle en fut elle-même effrayée. Elle se vit près de haïr son mari, et elle savait que si elle n'y faisait pas attention, elle détruirait l'existence qu'elle avait connue et apporterait le malheur sur lui et sur elle-même. Ainsi, c'est la peur qui la fit se calmer. Elle s'abrita, amère et frappée de terreur, derrière la seule défense qu'elle eût au monde, son sombre et pauvre presbytère.

Un enfant naquit chaque année; presque automatiquement, elle continua d'accomplir ses devoirs maternels, qui lui étaient imposés.

Gradually, broken by the suppressing of her violent anger and misery and disgust, she became an invalid and took to her couch.

The children grew up healthy, but unwarmed and rather rigid. Their father and mother educated them at home, made them very proud and very genteel, put them definitely and cruelly in the upper classes, apart from the vulgar around them. So they lived quite isolated. They were good-looking, and had that curiously clean, semi-transparent look of the genteel, isolated poor.

Gradually Mr and Mrs Lindley lost all hold on life, and spent their hours, weeks and years merely haggling to make ends meet, and bitterly repressing and pruning their children into gentility, urging them to ambition, weighting them with duty. On Sunday morning the whole family, except the mother, went down the lane to church, the long-legged girls in skimpy frocks, the boys in black coats and long, grey unfitting trousers. They passed by their father's parishioners with mute, clear faces, childish mouths closed in pride that was like a doom to them, and childish eyes already unseeing. Miss Mary, the eldest, was the leader. She was a long, slim thing with a fine profile and a proud, pure look of submission to a high fate. Miss Louisa, the second, was short and plump and obstinate-looking.

Peu à peu, épuisée à refouler sa violente colère, sa tristesse et son dégoût, elle tomba malade et ne se leva plus de son sofa.

Les enfants croissaient en bonne santé, mais sans gaieté et assez sévèrement élevés. Leurs parents les instruisaient à la maison, les rendaient très fiers et très distingués, leur assignaient définitivement, cruellement, un rang supérieur, loin du vulgaire qui les entourait. Ils étaient beaux et avaient cet aspect étrangement net et diaphane des pauvres de bonne famille, vivant à l'écart.

Peu à peu Mr et Mrs Lindley perdirent contact avec la vie, et leurs jours, leurs semaines, leurs années se passèrent uniquement à marchander pour joindre les deux bouts et à âprement brimer et façonner[1] leurs enfants pour les rendre distingués, à les pousser à l'ambition, à les lester du sens du devoir. Le dimanche matin, toute la famille, sauf la mère, descendait la rue vers l'église, les longues jambes des filles sortant de robes étriquées, les garçons portant des vestes noires et des pantalons gris qui ne leur allaient pas. Ils croisaient les paroissiens de leur père sans un mot, le visage inexpressif, leurs bouches enfantines closes par cet orgueil qui était pour eux comme une fatalité, et leurs yeux enfantins déjà aveugles. Miss Mary, l'aînée, marchait en tête. C'était une longue fille mince avec un profil délicat et un air fier et pur de soumission à un haut destin. Miss Louisa, la deuxième, était petite, grassouillette, avec un air entêté.

1. *Pruning* : mot à mot, « élaguer ».

She had more enemies than ideals. She looked after the lesser children, Miss Mary after the elder. The collier children watched this pale, distinguished procession of the vicar's family pass mutely by, and they were impressed by the air of gentility and distance, they made mock of the trousers of the small sons, they felt inferior in themselves, and hate stirred their hearts.

In her time, Miss Mary received as governess a few little daughters of tradesmen; Miss Louisa managed the house and went among her father's church-goers, giving lessons on the piano to the colliers' daughters at thirteen shillings for twenty-six lessons.

II

One winter morning, when his daughter Mary was about twenty years old, Mr Lindley, a thin, unobtrusive figure in his black overcoat and his wide-awake, went down into Aldecross with a packet of white papers under his arm. He was delivering the parish almanacs.

A rather pale, neutral man of middle age, he waited while the train thumped over the level-crossing, going up to the pit which rattled busily just along the line.

Elle avait plus d'ennemis que d'idéaux. Elle s'occupait des plus jeunes enfants, Mary des aînés. Les enfants des mineurs contemplaient ce cortège pâle et distingué de la famille du pasteur qui passait en silence et ils étaient impressionnés par cet air aristocratique et distant, ils se moquaient des pantalons des garçons, ils sentaient leur propre infériorité et la haine leur remuait le cœur.

Plus tard, Mary prit comme élèves[1] quelques petites filles de commerçants. Miss Louisa dirigea la maison et alla chez les fidèles de son père donner des leçons de piano aux filles des mineurs, pour treize shillings les vingt-six leçons[2].

II

Un matin d'hiver, l'année où sa fille Mary eut vingt ans, Mr Lindley, petite silhouette falote en pardessus noir et chapeau rond, descendit à Aldecross avec un paquet de feuilles blanches sous le bras. Il apportait les almanachs de la paroisse.

À la cinquantaine, c'était un homme plutôt pâle et insignifiant. Il attendit, derrière la barrière du passage à niveau, que le train eût fini de défiler dans un bruit de tonnerre, vers la mine dont on entendait le fracas un peu plus loin le long de la ligne.

1. *Received as governess* : mot à mot : « reçut en tant que préceptrice ».
2. Ce calcul compliqué sert à dissimuler l'humiliante réalité de leçons à six sous chacune.

A wooden-legged man hobbled to open the gate. Mr Lindley passed on. Just at his left hand, below the road and the railway, was the red roof of a cottage, showing through the bare twigs of apple trees. Mr Lindley passed round the low wall, and descended the worn steps that led from the highway down to the cottage which crouched darkly and quietly away below the rumble of passing trains and the clank of coal-carts, in a quiet little underworld of its own. Snowdrops with tight-shut buds were hanging very still under the bare currant bushes.

The clergyman was just going to knock when he heard a clinking noise, and turning saw through the open door of a black shed just behind him an elderly woman in a black lace cap stooping among reddish big cans, pouring a very bright liquid into a tundish. There was a smell of paraffin. The woman put down her can, took the tundish and laid it on a shelf, then rose with a tin bottle. Her eyes met those of the clergyman.

"Oh, is it you, Mr Lin'ley!" she said, in a complaining tone. "Go in."

The minister entered the house. In the hot kitchen sat a big, elderly man with a great grey beard, taking snuff.

Un homme à la jambe de bois[1] vint en boitillant ouvrir la barrière. Mr Lindley traversa. Tout de suite à gauche, en contrebas de la route et de la voie, on apercevait le toit rouge d'une maison à travers les branches dénudées des pommiers. Mr Lindley contourna la murette et descendit les degrés usés qui conduisaient de la grand-route à la maison, blottie dans l'ombre et la paix, sous le grondement des trains et le cliquetis des wagons de houille, dans un petit univers à part, tranquille et souterrain. Des perce-neige aux boutons encore fermés étaient tapis sous les buissons dénudés des groseilliers.

Le pasteur allait frapper quand il entendit un bruit métallique, et, tournant la tête, il vit par la porte ouverte d'une remise sombre, derrière lui, une femme âgée en coiffe de dentelle noire, penchée sur de gros bidons rougeâtres, qui versait un liquide très brillant dans un entonnoir. Cela sentait le pétrole. La femme posa son bidon, prit l'entonnoir et le mit sur une étagère, puis se redressa, une bouteille de fer-blanc à la main. Son regard croisa celui du pasteur.

« Oh ! C'est vous, M'sieu Lindley, dit-elle d'une voix geignarde. Entrez donc. »

Le pasteur entra dans la maison. Dans la cuisine surchauffée, un vieil homme corpulent à la grande barbe grise[2] était assis et prisait.

---

1. Ce garde-barrière unijambiste fait son apparition dans d'autres œuvres, en particulier *Women in Love.*
2. Lawrence va nous faire ici le portrait de son père, tant au physique qu'au moral, à part que celui-ci était mineur et non tailleur.

He grunted in a deep, muttering voice, telling the minister to sit down, and then took no more notice of him, but stared vacantly into the fire. Mr Lindley waited.

The woman came in, the ribbons of her black lace cap, or bonnet, hanging on her shawl. She was of medium stature, everything about her was tidy. She went up a step out of the kitchen, carrying the paraffin tin. Feet were heard entering the room up the step. It was a little haberdashery shop, with parcels on the shelves of the walls, a big, old-fashioned sewing machine with tailor's work lying round it, in the open space. The woman went behind the counter, gave the child who had entered the paraffin bottle, and took from her a jug.

"My mother says shall yer put it down," said the child, and she was gone. The woman wrote in a book, then came into the kitchen with her jug. The husband, a very large man, rose and brought more coal to the already hot fire. He moved slowly and sluggishly. Already he was going dead; being a tailor, his large form had become an encumbrance to him. In his youth he had been a great dancer and boxer. Now he was taciturn, and inert. The minister had nothing to say, so he sought for his phrases.

Il grommela d'une voix sourde et basse pour inviter le pasteur à s'asseoir, puis, cessant de s'occuper de lui, il fixa le feu d'un air absent. Mr Lindley attendit.

La femme entra, les rubans de sa capuche, ou coiffe noire, flottant sur son châle. Elle était de taille moyenne, tout dans son aspect était soigné[1]. Elle sortit de la cuisine en gravissant une marche, son récipient de pétrole à la main. On entendit les pas de quelqu'un qui entrait dans la pièce à côté. C'était une petite boutique de mercerie, avec des paquets sur les étagères murales et une grosse machine à coudre démodée entourée de vêtements inachevés dans l'espace libre. La femme passa derrière le comptoir, donna à la fillette qui était entrée la bouteille de pétrole en échange d'un broc.

« Maman a dit de le mettre sur le compte », dit l'enfant, et elle disparut. La femme nota quelque chose dans un registre, puis rentra dans la cuisine avec son broc. Son mari, homme imposant, se leva et rajouta du charbon au feu déjà très chaud. Ses mouvements étaient lents et lourds : il était déjà à demi mort ; comme il était tailleur, sa vaste charpente était devenue une gêne pour lui. Dans sa jeunesse, il avait excellé à la danse et à la boxe. Maintenant il était réduit au silence et à l'immobilité. Le pasteur n'avait rien à leur dire, et cherchait inutilement ses mots.

---

1. Même différence sociale entre ces époux que chez les parents de Lawrence.

But John Durant took no notice, existing silent and dull.

Mrs Durant spread the cloth. Her husband poured himself beer into a mug, and began to smoke and drink.

"Shall you have some?" he growled through his beard at the clergyman, looking slowly from the man to the jug, capable of this one idea.

"No, thank you," replied Mr Lindley, though he would have liked some beer. He must set the example in a drinking parish.

"We need a drop to keep us going," said Mrs Durant.

She had rather a complaining manner. The clergyman sat on uncomfortably while she laid the table for the half-past ten lunch. Her husband drew up to eat. She remained in her little round arm-chair by the fire.

She was a woman who would have liked to be easy in her life, but to whose lot had fallen a rough and turbulent family, and a slothful husband who did not care what became of himself or anybody. So, her rather good-looking square face was peevish, she had that air of having been compelled all her life to serve unwillingly, and to control where she did not want to control. There was about her, too, that masterful *aplomb* of a woman who has brought up and ruled her sons : but even them she had ruled unwillingly.

Mais John Durant ne s'en apercevait pas, enfermé dans son morne silence végétatif.

Mrs Durant déploya la nappe. Son mari se versa de la bière dans une chope et se mit à boire et à fumer.

«En voulez-vous? grogna-t-il à travers sa barbe à l'adresse du pasteur, avec un regard traînant de la cruche au visiteur, incapable d'une autre idée.

— Non, merci», répliqua Mr Lindley, qui pourtant aurait bien aimé un peu de bière. Il lui fallait donner l'exemple dans cette paroisse d'ivrognes.

«On a bien besoin d'une goutte pour se soutenir», dit Mrs Durant.

Elle avait un comportement plutôt geignard. Le pasteur demeura là, assez gêné, pendant qu'elle mettait le couvert pour le lunch de dix heures et demie. Son mari s'approcha pour manger. Elle resta dans son petit fauteuil rond, près du feu.

C'était une femme qui aurait eu du goût pour une existence plus facile, mais à qui le sort avait dévolu une famille grossière et turbulente, et un mari indolent qui ne s'inquiétait pas pour lui-même ou pour quiconque. Aussi, son visage carré et plutôt agréable avait-il un air grincheux; elle semblait avoir été contrainte toute sa vie à servir malgré elle, et à diriger alors qu'elle ne souhaitait pas diriger. Elle avait aussi cette résolution autoritaire des femmes qui ont élevé et régenté leurs fils : mais, même eux, elle les avait régentés à son corps défendant.

She had enjoyed managing her little haberdashery shop, riding in the carrier's cart to Nottingham, going through the big warehouses to buy
her goods. But the fret of managing her sons she
did not like. Only she loved her youngest boy,
because he was her last, and she saw herself free.

This was one of the houses the clergyman visit-
ed occasionally. Mrs Durant, as part of her regu-
lation, had brought up all her sons in the Church.
Not that she had any religion. Only, it was what
she was used to. Mr Durant was without religion.
He read the fervently evangelical *Life of John
Wesley* with a curious pleasure, getting from it a
satisfaction as from the warmth of the fire or
a glass of brandy. But he cared no more about
John Wesley, in fact, than about John Milton, of
whom he had never heard.

Mrs Durant took her chair to the table.

"I don't feel like eating," she sighed.

"Why — aren't you well?" asked the clergyman, patronizing.

"It isn't that," she sighed. She sat with shut,
straight mouth. "I don't know what's going to
become of us."

Elle avait éprouvé du plaisir à s'occuper de sa petite mercerie, à se rendre à Nottingham dans la carriole du commissionnaire, à faire les grands entrepôts pour acheter sa marchandise. Mais le tracas de l'éducation de ses fils, cela elle ne l'avait pas aimé. Elle avait cependant un faible pour le plus jeune, parce que c'était le dernier, et qu'elle se voyait libre.

C'était une des maisons que le pasteur visitait de temps en temps. Cela faisait partie des principes de Mrs Durant d'élever ses fils chrétiennement. Non qu'elle eût une véritable religion, mais c'était l'usage. Mr Durant n'était pas pratiquant. Il avait lu la biographie de John Wesley[1], pleine de ferveur évangélique, avec un plaisir curieux, y trouvant une satisfaction analogue à celle que lui donnait la chaleur du feu ou un verre de brandy. Mais en fait il ne se souciait pas plus de John Wesley que de John Milton[2], dont il n'avait jamais entendu parler.

Mrs Durant approcha sa chaise de la table.

« Ça ne me dit rien de manger, soupira-t-elle.

— Est-ce que vous n'êtes pas bien ? demanda le pasteur d'un ton condescendant.

— Ce n'est pas cela, gémit-elle, un pli amer au coin des lèvres. Je ne sais pas ce que nous allons devenir. »

1. Principal fondateur du méthodisme au XVIIIe siècle.
2. Grand poète anglais, secrétaire de Cromwell, propagandiste puritain et auteur de l'épopée religieuse *Le Paradis perdu*.

But the clergyman had ground himself down so long that he could not easily sympathize.

"Have you any trouble?" he asked.

"Ay, have I any trouble!" cried the elderly woman. "I shall end my days in the workhouse."

The minister waited unmoved. What could she know of poverty, in her little house of plenty?

"I hope not," he said.

"And the one lad as I wanted to keep by me —" she lamented.

The minister listened without sympathy, quite neutral.

"And the lad as would have been a support to my old age! What is going to become of us?" she said.

The clergyman, justly, did not believe in the cry of poverty, but wondered what had become of the son.

"Has anything happened to Alfred?" he asked.

"We've got word he's gone for a Queen's sailor," she said sharply.

"He has joined the Navy!" exclaimed Mr Lindley. "I think he could scarcely have done better — to serve his Queen and country on the sea..."

Mais les longues années de privation que le pasteur avait vécues le rendaient peu apte à montrer de la sympathie.

« Qu'est-ce qu'il y a qui ne va pas ? demanda-t-il.

— Qu'est-ce qu'il y a qui ne va pas ? cria la vieille femme. Je finirai mes jours dans la mendicité[1]. »

Le pasteur ne fut pas touché et attendit. Que savait-elle de la pauvreté dans sa petite vie confortable ?

« J'espère que non, dit-il.

— Et le seul de mes garçons que j'aurais voulu garder avec moi… », geignit-elle.

Le pasteur écoutait sans intérêt, l'esprit ailleurs.

« … Celui qui aurait été le soutien de ma vieillesse ! Qu'allons-nous devenir ? » dit-elle.

Le pasteur, à juste titre, ne croyait pas à cette protestation de misère, mais se demanda ce qui avait pu arriver au fils.

« Est-ce qu'il est arrivé quelque chose à Alfred ? demanda-t-il.

— Nous avons reçu la nouvelle qu'il s'est engagé dans la marine royale, dit-elle sèchement.

— Il est entré dans la marine ! s'exclama Mr Lindley. Je pense qu'il n'aurait guère pu faire mieux : au service de la reine et de la patrie sur les mers…

1. Les indigents étaient enfermés dans des asiles, les *workhouses*, au titre des lois sur les pauvres du XIXᵉ siècle. À l'époque de notre récit, ces institutions sont devenues des hôpitaux, mais la hantise survit à la réalité.

"He is wanted to serve *me*," she cried. "And I wanted my lad at home."

Alfred was her baby, her last, whom she had allowed herself the luxury of spoiling.

"You will miss him," said Mr Lindley, "that is certain. But this is no regrettable step for him to have taken — on the contrary."

"That's easy for you to say, Mr Lindley," she replied tartly. "Do you think I want my lad climbing ropes at another man's bidding, like a monkey —?"

"There is no *dishonour*, surely, in serving in the Navy?"

"Dishonour this dishonour that," cried the angry old woman. "He goes and makes a slave of himself, and he'll rue it."

Her angry, scornful impatience nettled the clergyman, and silenced him for some moments.

"I do not see," he retorted at last, white at the gills and inadequate, "that the Queen's service is any more to be called slavery than working in a mine."

"At home he was at home, and his own master. *I* know he'll find a difference."

"It may be the making of him," said the clergyman. "It will take him away from bad companionship and drink."

Some of the Durants' sons were notorious drinkers, and Alfred was not quite steady.

"And why indeed shouldn't he have his glass?" cried the mother. "He picks no man's pocket to pay for it!"

— J'en ai besoin pour *mon* service! cria-t-elle. Et je voulais que mon garçon reste à la maison.»

Alfred était son bébé, son petit dernier, qu'elle s'était offert le luxe de gâter.

«Il va vous manquer, dit Mr Lindley, c'est certain. Mais ce n'est pas une décision regrettable qu'il a prise, au contraire.

— C'est facile à dire pour vous, Mr Lindley, répliqua-t-elle aigrement. Vous croyez que j'aimerais voir mon garçon grimper à des cordes comme un singe, aux ordres d'un autre?

— Voyons! il n'y a pas de *déshonneur* à servir dans la flotte!

— Déshonneur ou pas, ça m'est égal! cria la vieille femme en colère. Il va se mettre en esclavage, et il s'en repentira.»

Son impatience méprisante et furieuse irrita le pasteur et le réduisit au silence pendant quelques instants.

«Je ne vois pas, répliqua-t-il enfin, piteux et blanc de rage, que le service de la reine soit davantage un esclavage que le travail à la mine.

— À la maison, il était chez lui, il était son maître. Je le sais, moi, que ce ne sera pas la même chose.

— Cela sera excellent pour lui, dit le pasteur. Cela l'éloignera des mauvaises fréquentations et de la boisson.»

Certains des fils Durant étaient des ivrognes notoires, et Alfred n'était pas toujours raisonnable.

«Et pourquoi diable ne boirait-il pas? Il ne vole personne pour le faire.»

The clergyman stiffened at what he thought was an allusion to his own profession, and his unpaid bills.

"With all due consideration, I am glad to hear he has joined the Navy," he said.

"Me with my old age coming on, and his father working very little! I'd thank you to be glad about something else besides that, Mr Lindley."

The woman began to cry. Her husband, quite impassive, finished his lunch of meat-pie, and drank some beer. Then he turned to the fire, as if there were no one in the room but himself.

"I shall respect all men who serve God and their country on the sea, Mrs Durant," said the clergyman stubbornly.

"That is very well, when they're not your sons who are doing the dirty work. It makes a difference," she replied tartly.

"I should be proud if one of my sons were to enter the Navy."

"Ay — well — we're not all of us made alike —"

The minister rose. He put down a large folded paper.

"I've brought the almanac," he said.

Mrs Durant unfolded it.

"I do like a bit of colour in things," she said, petulantly.

The clergyman did not reply.

"There's that envelope for the organist's fund —" said the old woman, and rising, she took the thing from the mantelpiece, went into the shop, and returned sealing it up.

Le pasteur se raidit à ce qu'il supposait une allusion à sa profession et à ses notes en retard.

« En y réfléchissant bien, je suis heureux d'apprendre qu'il s'est engagé dans la marine, dit-il.

— Et moi qui deviens vieille, et son père qui travaille si peu ! Vous pouvez garder vos félicitations pour une autre occasion, Mr Lindley. »

La femme se mit à pleurer. Son mari, absolument impassible, finit son déjeuner de viande en croûte et but un peu de bière. Puis il se tourna vers le feu, comme s'il n'y avait eu personne d'autre que lui dans la pièce.

« J'ai de l'estime pour tous les hommes qui servent Dieu et leur patrie sur les mers, Mrs Durant, dit le pasteur, obstiné.

— Oui, c'est très bien quand ce ne sont pas vos fils à vous qui font ce sale boulot. Ça fait une différence, répliqua-t-elle aigrement.

— Je serais fier si un de mes fils entrait dans la marine.

— Oui, eh bien tout le monde n'est pas pareil ! »

Le pasteur se leva. Il posa sur la table un grand papier plié.

« J'ai apporté l'almanach », dit-il.

Mrs Durant le déplia.

« J'aime mieux quand il y a de la couleur », dit-elle d'un ton désagréable.

Le pasteur ne répondit pas.

« Il y a cette enveloppe pour les étrennes de l'organiste », dit la vieille femme, et, se levant, elle la prit sur la cheminée, se rendit dans la boutique, et revint en la cachetant.

"Which is all I can afford," she said.

Mr Lindley took his departure, in his pocket the envelope containing Mrs Durant's offering for Miss Louisa's services. He went from door to door delivering the almanacs, in dull routine. Jaded with the monotony of the business, and with the repeated effort of greeting half-known people, he felt barren and rather irritable. At last he returned home.

In the dining-room was a small fire. Mrs Lindley, growing very stout, lay on her couch. The vicar carved the cold mutton; Miss Louisa, short and plump and rather flushed, came in from the kitchen; Miss Mary, dark, with a beautiful white brow and grey eyes, served the vegetables; the children chattered a little, but not exuberantly. The very air seemed starved.

"I went to the Durants," said the vicar, as he served out small portions of mutton; "it appears Alfred has run away to join the Navy."

"Do him good," came the rough voice of the invalid.

Miss Louisa, attending to the youngest child, looked up in protest.

"Why has he done that?" asked Mary's low, musical voice.

« C'est tout ce que je peux faire », dit-elle.

Mr Lindley se retira, emportant dans sa poche l'enveloppe contenant l'offrande de Mrs Durant pour les services de Miss Louisa. Il alla de porte en porte apporter les almanachs, dans une morne routine. Exténué par la monotonie de cette besogne et ses efforts répétés pour faire la conversation avec des gens qu'il connaissait à peine, il se sentait vide et assez irritable. Enfin il rentra chez lui.

Un maigre feu brûlait dans la salle à manger. Mrs Lindley, qui devenait obèse, était étendue sur une chaise longue. Le pasteur découpa le mouton froid ; Miss Louisa, petite, potelée, et les joues toutes rouges, arriva de la cuisine ; Miss Mary, brune, avec un beau front blanc et des yeux gris, servit les légumes. Les enfants bavardaient un peu, mais sans exubérance. Une atmosphère de pauvreté imprégnait toute la pièce[1].

« J'ai été chez les Durant, dit le pasteur en servant de minuscules morceaux de mouton ; il paraît qu'Alfred est parti pour s'engager dans la marine.

— Ça lui fera du bien », dit la voix rauque de la malade.

Miss Louisa, qui s'occupait du plus jeune, leva les yeux en signe de protestation.

« Pourquoi a-t-il fait cela ? demanda la voix mélodieuse et un peu basse de Mary.

1. *To starve* signifie « mourir de faim », mais aussi, dans le dialecte du Nottinghamshire, « mourir de froid ». Le sens littéral du passage est : « L'air lui-même semblait mourir de froid. »

"He wanted some excitement, I suppose," said the vicar. "Shall we say grace?"

The children were arranged, all bent their heads, grace was pronounced, at the last word every face was being raised to go on with the interesting subject.

"He's just done the right thing, for once," came the rather deep voice of the mother; "save him from becoming a drunken sot, like the rest of them."

"They're not *all* drunken, mama," said Miss Louisa, stubbornly.

"It's no fault of their upbringing if they're not. Walter Durant is a standing disgrace."

"As I told Mrs Durant," said the vicar, eating hungrily, "it is the best thing he could have done. It will take him away from temptation during the most dangerous years of his life — how old is he — nineteen?"

"Twenty," said Miss Louisa.

"Twenty!" repeated the vicar. "It will give him wholesome discipline and set before him some sort of standard of duty and honour — nothing could have been better for him. But —"

"We shall miss him from the choir," said Miss Louisa, as if taking opposite sides to her parents.

"That is as it may be," said the vicar. "I prefer to know he is safe in the Navy than running the risk of getting into bad ways here."

— Il voulait voir autre chose, je suppose, dit le pasteur. Êtes-vous prêts pour le bénédicité ?»

Les enfants furent mis en ordre, tous inclinèrent la tête, le bénédicité fut récité, et au dernier mot, tous les visages se relevèrent pour la reprise de ce sujet intéressant.

«Il a fait ce qu'il fallait, pour une fois, dit la voix fort profonde de la mère; cela lui évitera de devenir un pochard stupide, comme le reste de la famille.

— Ils ne sont pas *tous* ivrognes, maman, dit Louisa, d'un ton décidé.

— Ce n'est pas la faute de leur éducation s'ils ne le sont pas. La conduite de Walter Durant est une honte.

— Comme je le disais à Mrs Durant, dit le pasteur, qui mangeait avidement, c'est le meilleur parti qu'il pouvait prendre. Cela l'éloignera de la tentation pendant les plus dangereuses années de sa vie. Quel âge a-t-il? Dix-neuf ans?

— Vingt, dit Miss Louisa.

— Vingt, répéta le pasteur. Cela sera pour lui une discipline salutaire et lui donnera un idéal de devoir et d'honneur. Rien ne pouvait être meilleur pour lui. Mais…

— Il nous manquera pour la chorale, dit Miss Louisa, comme si elle prenait position contre ses parents.

— C'est possible, dit le pasteur. Mais je préfère le savoir en sûreté dans la marine, plutôt qu'ici où il risquerait de prendre de mauvaises habitudes.

"Was he getting into bad ways?" asked the stubborn Miss Louisa.

"You know, Louisa, he wasn't quite what he used to be," said Miss Mary gently and steadily. Miss Louisa shut her rather heavy jaw sulkily. She wanted to deny it, but she knew it was true.

For her he had been a laughing, warm lad, with something kindly and something rich about him. He had made her feel warm. It seemed the days would be colder since he had gone.

"Quite the best thing he could do," said the mother with emphasis.

"I think so," said the vicar. "But his mother was almost abusive because I suggested it."

He spoke in an injured tone.

"What does she care for her children's welfare?" said the invalid. "Their wages is all her concern."

"I suppose she wanted him at home with her," said Miss Louisa.

"Yes, she did — at the expense of his learning to be a drunkard like the rest of them," retorted her mother.

"George Durant doesn't drink," defended her daughter.

"Because he got burned so badly when he was nineteen — in the pit — and that frightened him. The Navy is a better remedy than that, at least."

"Certainly," said the vicar. "Certainly."

— Ah! il prenait de mauvaises habitudes?
demanda Miss Louisa, entêtée.

— Tu sais, Louisa, il n'était plus tout à fait le
même », dit Miss Mary gentiment, d'un ton calme.
Miss Louisa serra d'un ton boudeur ses mâchoires
plutôt lourdes. Elle voulait nier cela, mais savait
que c'était vrai.

Pour elle, c'était un garçon rieur, chaleureux,
avec quelque chose en lui de gentil et de rayon-
nant. Il lui avait apporté sa chaleur. Il semblait
qu'il dût faire plus froid après son départ.

« C'est vraiment ce qu'il pouvait faire de mieux,
dit la mère avec insistance.

— Je trouve aussi, dit le pasteur. Mais sa mère
m'a presque insulté parce que j'avançais cette
idée. »

Il parlait d'un ton blessé.

« Qu'est-ce que ça peut lui faire, le bien de ses
enfants? dit la malade. Ce qui l'intéresse, c'est ce
qu'ils gagnent.

— Je suppose qu'elle voulait le garder avec
elle à la maison, dit Miss Louisa.

— Bien sûr, et tant pis s'il devenait ivrogne
comme le reste de la famille, répliqua sa mère.

— George Durant ne boit pas, riposta sa fille.

— Parce qu'il a été gravement brûlé quand il
avait dix-neuf ans — à la mine — et que cela lui a
fait peur. Comme remède, la marine vaut mieux
que cela, tout de même.

— Certainement, dit le pasteur. Certainement. »

And to this Miss Louisa agreed. Yet she could not but feel angry that he had gone away for so many years. She herself was only nineteen.

III

It happened when Miss Mary was twenty-three years old that Mr Lindley was very ill. The family was exceedingly poor at the time, such a lot of money was needed, so little was forthcoming. Neither Miss Mary nor Miss Louisa had suitors. What chance had they? They met no eligible young men in Aldecross. And what they earned was a mere drop in a void. The girl's hearts were chilled and hardened with fear of this perpetual, cold penury, this narrow struggle, this horrible nothingness of their lives.

A clergyman had to be found for the church work. It so happened the son of an old friend of Mr Lindley's was waiting three months before taking up his duties. He would come and officiate, for nothing. The young clergyman was keenly expected. He was not more than twenty-seven, a Master of Arts of Oxford, had written his thesis on Roman Law. He came of an old Cambridgeshire family, had some private means, was going to take a church in Northamptonshire with a good stipend, and was not married.

Et cette fois, Miss Louisa acquiesça. Cependant elle ne pouvait s'empêcher d'éprouver de la colère devant le fait qu'il soit parti pour si longtemps. Elle n'avait elle-même que dix-neuf ans.

III

Il arriva que l'année où Miss Mary eut vingt-trois ans, Mr Lindley tomba gravement malade. La famille était excessivement pauvre à cette époque ; il y avait besoin de beaucoup d'argent et il en rentrait très peu. Personne ne faisait la cour à Miss Mary, ni à Miss Louisa. Quelles chances avaient-elles de se marier ? Elles ne rencontraient pas à Aldecross de jeunes gens susceptibles d'être de bons partis pour elles. Et ce qu'elles gagnaient n'était qu'une goutte d'eau dans la mer. Le cœur des jeunes filles était glacé et endurci par la peur de cette gêne continuelle et frigide, de cette lutte étriquée, de cet horrible néant de leurs vies.

Il fallut chercher un pasteur pour s'occuper de la paroisse. Il se trouva que le fils d'un vieil ami de Mr Lindley avait trois mois de liberté en attendant son poste. Il était disposé à venir officier, gratuitement. Le jeune pasteur était attendu avec impatience. Il n'avait pas plus de vingt-sept ans, était diplômé d'Oxford et avait fait sa thèse sur le droit romain. Il venait d'une vieille famille du Cambridgeshire, avait une fortune personnelle, il allait prendre une paroisse dans le Northamptonshire avec un bon traitement, et il n'était pas marié.

Mrs Lindley incurred new debts, and scarcely regretted her husband's illness.

But when Mr Massy came there was a shock of disappointment in the house. They had expected a young man with a pipe and a deep voice, but with better manners than Sidney, the eldest of the Lindleys. There arrived instead a small, *chétif* man, scarcely larger than a boy of twelve, spectacled, timid in the extreme, without a word to utter at first; yet with a certain inhuman self-sureness.

"What a little abortion!" was Mrs Lindley's exclamation to herself on first seeing him, in his buttoned-up clerical coat. And for the first time for many days she was profoundly thankful to God that all her children were decent specimens.

He had not normal powers of perception. They soon saw that he lacked the full range of human feelings, but had rather a strong, philosophical mind, from which he lived. His body was almost unthinkable, in intellect he was something definite. The conversation at once took a balanced, abstract tone, when he participated. There was no spontaneous exclamation, no violent assertion or expression of personal conviction, but all cold, reasonable assertion. This was very hard on Mrs Lindley.

Mrs Lindley fit de nouvelles dettes et ne regretta guère la maladie de son mari.

Mais à l'arrivée de Mr Massy, il y eut une vague de déception dans la maison. Ils s'attendaient à un jeune homme fumant la pipe, la voix grave, mais en plus raffiné que Sidney, l'aîné des Lindley. Au lieu de cela arriva un petit homme chétif, à peine plus grand qu'un garçon de douze ans, portant lunettes, timide à l'extrême, incapable de trouver un mot à dire, et cependant rempli d'une sorte d'assurance inhumaine.

«Quel petit avorton!» s'exclama intérieurement Mrs Lindley en le voyant pour la première fois, tout boutonné dans son habit ecclésiastique. Et pour la première fois depuis bien longtemps elle fut profondément reconnaissante à Dieu parce que tous ses enfants étaient normalement constitués.

Il était dépourvu de facultés de perception normales. Ils se rendirent bientôt compte que la gamme complète des sentiments humains lui faisait défaut, mais qu'il avait au contraire un vigoureux esprit philosophique, qui l'aidait à vivre. Son corps était quelque chose d'impensable ; son intellect faisait de lui quelque chose de positif. La conversation prenait un ton équilibré et abstrait dès qu'il y prenait part. Il n'y avait aucune exclamation spontanée, aucune affirmation violente d'une conviction personnelle, tout n'était plus qu'assertion froide et raisonnée. C'était très pénible pour Mrs Lindley.

The little man would look at her, after one of her pronouncements, and then give, in his thin voice, his own calculated version, so that she felt as if she were tumbling into thin air through a hole in the flimsy floor on which their conversation stood. It was she who felt a fool. Soon she was reduced to a hardy silence.

Still, at the back of her mind, she remembered that he was an unattached gentleman, who would shortly have an income altogether of six or seven hundred a year. What did the man matter, if there were pecuniary ease! The man was a trifle thrown in. After twenty-two years her sentimentality was ground away, and only the millstone of poverty mattered to her. So she supported the little man as a representative of a decent income.

His most irritating habit was that of a sneering little giggle, all on his own, which came when he perceived or related some illogical absurdity on the part of another person. It was the only form of humour he had. Stupidity in thinking seemed to him exquisitely funny. But any novel was unintelligibly meaningless and dull, and to an Irish sort of humour he listened curiously, examining it like mathematics, or else simply not hearing. In normal human relationship he was not there.

Quand elle avait exprimé une idée, le petit homme la regardait, puis donnait, de sa voix fluette, son opinion dûment calculée, de sorte qu'elle avait l'impression de tomber en une chute vertigineuse, comme si le plancher de leur conversation se fût effondré sous elle. Bientôt, elle en fut réduite à garder un silence endurci.

Pourtant, au fond d'elle-même, elle se souvenait que c'était un homme à marier, qui aurait sous peu un revenu global de six ou sept cents livres par an. Qu'importait le personnage, si les ennuis d'argent pouvaient cesser ? L'homme était un détail sans importance dans l'affaire. Après vingt-deux années, sa sentimentalité était émoussée et seul le fardeau de la pénurie comptait pour elle. Alors elle apporta son suffrage au petit homme en tant que représentant de rentes confortables.

Sa manie la plus agaçante était un petit rire nerveux et méprisant, bien particulier, qui se produisait quand il percevait ou racontait quelque illogisme absurde commis par quelqu'un d'autre. C'était le seul genre d'humour qu'il possédât. Les erreurs de raisonnement lui semblaient délicieusement comiques. Mais un roman quel qu'il soit était d'une obscurité et d'un ennui qui dépassaient l'entendement ; et les plaisanteries du genre irlandais, il les écoutait avec curiosité, les examinait comme des mathématiques, ou simplement il n'entendait même pas. Dans les plus ordinaires rapports sociaux il demeurait absent.

Quite unable to take part in simple everyday talk, he padded silently round the house, or sat in the dining-room looking nervously from side to side, always apart in a cold, rarefied little world of his own. Sometimes he made an ironic remark, that did not seem humanly relevant, or he gave his little laugh, like a sneer. He had to defend himself and his own insufficiency. And he answered questions grudgingly, with a yes or no, because he did not see their import and was nervous. It seemed to Miss Louisa he scarcely distinguished one person from another, but that he liked to be near to her, or to Miss Mary, for some sort of contact which stimulated him unknown.

Apart from all this, he was the most admirable workman. He was unremittingly shy, but perfect in his sense of duty: as far as he could conceive Christianity, he was a perfect Christian. Nothing that he realized he could do for any one did he leave undone, although he was so incapable of coming into contact with another being that he could not proffer help. Now he attended assiduously to the sick man, investigated all the affairs of the parish or the church which Mr Lindley had in control, straightened out accounts, made lists of the sick and needy, padded round with help and to see what he could do.

Absolument incapable de prendre part à une conversation courante, il arpentait la maison en silence, ou bien, assis dans la salle à manger, il regardait nerveusement d'un côté et de l'autre, toujours à part dans un petit univers à lui, froid, étriqué. Quelquefois il faisait une réflexion ironique, qui semblait dépourvue de pertinence et d'humanité, ou il poussait son petit rire, semblable à un ricanement. Il était toujours sur la défensive, de soi-même et de sa faiblesse. Et il répondait aux questions à contrecœur, par oui ou par non, parce qu'il n'en voyait pas la portée et qu'elles l'intimidaient. Miss Louisa avait l'impression qu'il ne distinguait pas une personne d'une autre, mais qu'il appréciait sa présence, ou celle de Miss Mary, où il trouvait une sorte de contact confusément stimulant.

En dehors de tout cela, c'était le plus admirable des travailleurs. Il était d'une timidité insurmontable, mais son sens du devoir était irréprochable : dans les limites de sa conception du christianisme, c'était un parfait chrétien. Jamais, quand il se rendait compte qu'il pouvait faire quelque chose pour son prochain, il ne renonçait à le faire, mais son incapacité à entrer en communication avec un autre être était telle qu'il ne parvenait pas à être d'aucun secours. À présent, il s'occupait assidûment du malade, examinait toutes les affaires de la paroisse ou de l'église dont Mr Lindley était responsable, tenait les comptes à jour, faisait des listes des malades et des pauvres, circulait à pas feutrés pour apporter son aide et voir ce qu'il pouvait faire.

He heard of Mrs Lindley's anxiety about her sons, and began to investigate means of sending them to Cambridge. His kindness almost frightened Miss Mary. She honoured it so, and yet she shrank from it. For, in it all Mr Massy seemed to have no sense of any person, any human being whom he was helping : he only realized a kind of mathematical working out, solving of given situations, a calculated well-doing. And it was as if he had accepted the Christian tenets as axioms. His religion consisted in what his scrupulous abstract mind approved of.

Seeing his acts, Miss Mary must respect and honour him. In consequence she must serve him. To this she had to force herself, shuddering and yet desirous, but he did not perceive it. She accompanied him on his visiting in the parish, and whilst she was cold with admiration for him, often she was touched with pity for the little padding figure with bent shoulders, buttoned up to the chin in his overcoat. She was a handsome, calm girl, tall, with a beautiful repose. Her clothes were poor, and she wore a black silk scarf, having no furs. But she was a lady. As the people saw her walking down Aldecross beside Mr Massy they said :

"My word, Miss Mary's got a catch. Did ever you see such a sickly little shrimp!"

Il apprit l'inquiétude de Mrs Lindley au sujet de ses fils et se mit à examiner comment ils pourraient être envoyés à Cambridge. Sa bonté effrayait presque Miss Mary. Elle la vénérait grandement et cependant la trouvait repoussante. Car, en tout cela, Mr Massy ne semblait tenir aucun compte des personnes, des êtres humains qu'il secourait : il n'effectuait qu'une espèce de calcul mathématique, solution de problèmes donnés, bonnes actions issues de règles. Et c'était comme s'il avait accepté les dogmes chrétiens comme axiomes. Sa religion était faite de ce qu'acceptait son scrupuleux esprit abstrait.

Le voyant agir ainsi, Miss Mary ne pouvait s'empêcher de le respecter et de l'honorer. En conséquence, elle devait l'assister. Elle était obligée de s'y forcer, frissonnante et cependant résolue, mais lui ne s'en apercevait pas. Elle l'accompagnait lors de ses visites aux paroissiens, et, tout en étant saisie d'admiration pour lui, elle était souvent prise de pitié pour cette petite silhouette trottinante, voûtée, dans son paletot boutonné jusqu'au menton. C'était une belle fille, grande, sculpturale, à l'allure majestueuse. Elle était pauvrement habillée, et, au lieu de fourrure, portait une écharpe de soie noire. Mais c'était une lady. Les gens qui la voyaient traverser Aldecross aux côtés de Mr Massy disaient :

« Ma parole, Miss Mary a fait une conquête ! A-t-on jamais vu un petit crabe[1] pareil ? »

1. « Un petit crabe pareil » : mot à mot, l'original, *a sickly little shrimp*, serait « une petite crevette maladive ».

She knew they were talking so, and it made her heart grow hot against them, and she drew herself as it were protectively towards the little man beside her. At any rate, she could see and give honour to his genuine goodness.

He could not walk fast, or far.

"You have not been well?" she asked, in her dignified way.

"I have an internal trouble."

He was not aware of her slight shudder. There was silence, whilst she bowed to recover her composure, to resume her gentle manner towards him.

He was fond of Miss Mary. She had made it a rule of hospitality that he should always be escorted by herself or by her sister on his visits in the parish, which were not many. But some mornings she was engaged. Then Miss Louisa took her place. It was no good Miss Louisa's trying to adopt to Mr Massy an attitude of queenly service. She was unable to regard him save with aversion. When she saw him from behind, thin and bent-shouldered, looking like a sickly lad of thirteen she disliked him exceedingly, and felt a desire to put him out of existence. And yet a deeper justice in Mary made Louisa humble before her sister.

They were going to see Mr Durant, who was paralysed and not expected to live.

Elle savait que les gens parlaient en ces termes et cela faisait brûler son cœur de colère contre eux et elle se rapprochait du petit homme qui l'accompagnait comme pour le protéger. De toute façon, elle savait reconnaître son authentique bonté et lui rendre hommage.

Il marchait lentement et se fatiguait vite.

«Vous avez été souffrant? demandait-elle, de son ton noble.

— J'ai une maladie interne.»

Elle eut un léger sursaut, qu'il ne remarqua pas. Il y eut un silence, tandis qu'elle baissait la tête pour retrouver une contenance et pour reprendre son attitude aimable envers lui.

Il aimait bien Miss Mary. Elle avait décidé, comme une règle d'hospitalité, qu'il serait toujours accompagné, par elle-même ou par sa sœur, lors de ses visites aux paroissiens, qui n'étaient pas très nombreuses. Mais, certains jours, elle n'était pas libre le matin. Alors Miss Louisa prenait sa place. Inutile pour Miss Louisa d'essayer d'adopter envers Mr Massy une attitude de servante royale. Elle ne pouvait le considérer autrement qu'avec aversion. Quand elle le voyait de dos, maigre et voûté, l'air d'un garçon maladif de treize ans, elle en ressentait un dégoût profond et se sentait comme un désir de le faire disparaître. Et pourtant la justice plus profonde que lui rendait Mary la poussait à l'humilité vis-à-vis de sa sœur.

Ils se rendaient auprès de Mr Durant, qui était paralysé, et n'avait plus que peu de temps à vivre.

Miss Louisa was crudely ashamed at being admitted to the cottage in company with the little clergyman.

Mrs Durant, was, however, much quieter in the face of her real trouble.

"How is Mr Durant?" asked Louisa.

"He is no different — and we don't expect him to be," was the reply. The little clergyman stood looking on.

They went upstairs. The three stood for some time looking at the bed, at the grey head of the old man on the pillow, the grey beard over the sheet. Miss Louisa was shocked and afraid.

"It is so dreadful," she said, with a shudder.

"It is how I always thought it would be," replied Mrs Durant.

Then Miss Louisa was afraid of her. The two women were uneasy, waiting for Mr Massy to say something. He stood, small and bent, too nervous to speak.

"Has he any understanding?" he asked at length.

"Maybe," said Mrs Durant. "Can you hear, John?" she asked loudly. The dull blue eye of the inert man looked at her feebly.

"Yes, he understands," said Mrs Durant to Mr Massy. Except for the dull look in his eyes, the sick man lay as if dead. The three stood in silence. Miss Louisa was obstinate but heavy-hearted under the load of unlivingness. It was Mr Massy who kept her there in discipline. His non-human will dominated them all.

Miss Louisa fut envahie d'une honte fruste quand on la fit entrer dans la maisonnette en compagnie du petit pasteur.

Mrs Durant, cependant, était beaucoup plus calme, confrontée à un réel malheur.

« Comment va Mr Durant ? demanda Louisa.

— Toujours la même chose, et on ne s'attend pas à ce que ça change », répliqua-t-elle. Le petit pasteur observait sans bouger.

Ils montèrent à l'étage. Tous trois restèrent un moment à regarder le lit, la tête grise du vieillard reposant sur l'oreiller et la barbe grise étalée sur le drap. Miss Louisa était impressionnée et effrayée.

« Quelle chose terrible, dit-elle avec un frisson.

— C'est ce que j'avais toujours prévu », répondit Mrs Durant.

Ce fut d'elle, alors, que Louisa fut effrayée. Les deux femmes étaient mal à l'aise, comptant sur Mr Massy pour dire quelque chose. Il restait là, petit et voûté, trop intimidé pour parler.

« Est-ce qu'il a sa connaissance ? finit-il par dire.

— Peut-être, dit Mrs Durant. Tu entends, John ? » demanda-t-elle très fort. L'œil atone et bleu de l'homme inerte se tourna imperceptiblement vers elle.

« Oui, il comprend », dit Mrs Durant à Mr Massy. Sauf ce regard morne, le malade gisait comme mort. Tous trois restaient silencieux. Miss Louisa avait l'âme résolue, mais le cœur lourd, sous le poids de cette demi-mort. C'était Mr Massy qui l'obligeait à demeurer là malgré elle. Sa volonté inhumaine les dominait tous.

Then they heard a sound below, a man's foot-steps, and a man's voice called subduedly:

"Are you upstairs, mother?"

Mrs Durant started and moved to the door. But already a quick, firm step was running up the stairs.

"I'm a bit early, mother," a troubled voice said, and on the landing they saw the form of the sailor. His mother came and clung to him. She was suddenly aware that she needed something to hold on to. He put his arms round her, and bent over her, kissing her.

"He's not gone, mother?" he asked anxiously, struggling to control his voice.

Miss Louisa looked away from the mother and son who stood together in the gloom on the land-ing. She could not bear it that she and Mr Massy should be there. The latter stood nervously as if ill at ease before the emotion that was running. He was a witness nervous, unwilling, but dispas-sionate. To Miss Louisa's hot heart it seemed all, all wrong that they should be there.

Mrs Durant entered the bedroom, her face wet.

"There's Miss Louisa and the vicar," she said, out of voice and quavering.

Alors ils entendirent du bruit en bas, un pas d'homme, et une voix d'homme, contenue, qui appelait.

«Es-tu en haut, maman?»

Mrs Durant sursauta et alla vers la porte. Mais déjà un pas rapide et ferme escaladait les marches.

«Je suis un peu en avance, maman», dit une voix émue, et, sur le palier, ils aperçurent la silhouette du matelot. Sa mère alla vers lui et le prit dans ses bras. Tout à coup elle se rendait compte qu'elle avait besoin de s'accrocher à quelque chose. Il l'entoura de ses bras et se pencha sur elle pour l'embrasser.

«Il est encore là, n'est-ce pas[1], maman?» demanda-t-il anxieusement, faisant des efforts pour contenir sa voix.

Miss Louisa détourna son regard de la mère et du fils qui se tenaient rapprochés dans la pénombre du palier. Il lui était intolérable d'être là avec Mr Massy. Celui-ci se montrait nerveux, comme mal à l'aise devant l'émotion qui avait surgi. Il était là en témoin nerveux, réticent, mais objectif. Pour le cœur brûlant de Miss Louisa, cela semblait mal, très mal qu'ils se trouvent là.

Mrs Durant rentra dans la chambre, le visage baigné de larmes.

«Voilà Miss Louisa et le pasteur», dit-elle d'une voix brisée, sanglotante.

---

1. «N'est-ce pas?» n'est pas dans le texte, mais rajoute une partie de la force contenue dans l'interro-négative de l'anglais.

Her son, red-faced and slender, drew himself up to salute. But Miss Louisa held out her hand. Then she saw his hazel eyes recognize her for a moment, and his small white teeth showed in a glimpse of the greeting she used to love. She was covered with confusion. He went round to the bed; his boots clicked on the plaster floor, he bowed his head with dignity.

"How are you, dad?" he said, laying his hand on the sheet, faltering. But the old man stared fixedly and unseeing. The son stood perfectly still for a few minutes, then slowly recoiled. Miss Louisa saw the fine outline of his breast, under the sailor's blue blouse, as his chest began to heave.

"He doesn't know me," he said, turning to his mother. He gradually went white.

"No, my boy!" cried the mother, pitiful, lifting her face. And suddenly she put her face against his shoulder, he was stooping down to her, holding her against him, and she cried aloud for a moment of two. Miss Louisa saw his sides heaving, and heard the sharp hiss of his breath. She turned away, tears streaming down her face. The father lay inert upon the white bed, Mr Massy looked queer and obliterated, so little now that the sailor with his sunburned skin was in the room. He stood waiting. Miss Louisa wanted to die, she wanted to have done. She dared not turn round again to look.

"Shall I offer a prayer?" came the frail voice of the clergyman, and all kneeled down.

Le fils, mince et rougi de soleil, s'approcha pour saluer. Mais Miss Louisa lui tendit la main. Alors elle vit dans un éclair de ses yeux noisette qu'il la reconnaissait, et ses petites dents blanches apparurent dans une esquisse du sourire qu'elle avait aimé. Elle était accablée de confusion. Il alla à la tête du lit. Ses souliers cliquetaient sur les carreaux de plâtre. Il inclina la tête avec dignité.

« Comment ça va, papa ? » dit-il en posant timidement la main sur le drap. Mais le regard du vieil homme resta fixe et inexpressif. Le fils resta immobile quelques instants, puis se recula lentement. Miss Louisa vit la ligne pure de son torse, sous la blouse bleue de matelot, quand sa poitrine poussa un soupir.

« Il ne me reconnaît pas », dit-il en se tournant vers sa mère. Il devint tout pâle, peu à peu.

« Non, mon petit », s'écria la mère, pitoyable, en redressant son visage. Et tout d'un coup elle blottit sa figure dans l'épaule de son fils ; il restait penché sur elle, la tenant contre lui, et elle pleura tout haut quelques instants. Miss Louisa vit se soulever la poitrine du garçon et entendit le sifflement aigu de sa respiration. Elle se détourna, les joues inondées de larmes. Le père gisait inerte sur le lit blanc. Mr Massy avait un air bizarre, tout effacé ; il paraissait minuscule maintenant que le matelot à la peau hâlée était dans la pièce. Miss Louisa voulait rentrer sous terre, elle voulait en finir. Elle n'osait pas se retourner à nouveau pour regarder.

« Je vous propose de prier », dit la voix frêle du pasteur, et tous s'agenouillèrent.

Miss Louisa was frightened of the inert man upon the bed. Then she felt a flash of fear of Mr Massy, hearing his thin, detached voice. And then, calmed, she looked up. On the far side of the bed were the heads of the mother and son, the one in the black lace cap, with the small white nape of the neck beneath, the other, with brown, sun-scorched hair too close and wiry to allow of a parting, and neck tanned firm, bowed as if unwillingly. The great grey beard of the old man did not move, the prayer continued. Mr Massy prayed with a pure lucidity that they all might conform to the higher Will. He was like something that dominated the bowed heads, something dispassionate that governed them inexorably. Miss Louisa was afraid of him. And she was bound, during the course of the prayer, to have a little reverence for him. It was like a foretaste of inexorable, cold death, a taste of pure justice.

That evening she talked to Mary of the visit. Her heart, her veins were possessed by the thought of Alfred Durant as he held his mother in his arms; then the break in his voice, as she remembered it again and again, was like a flame through her; and she wanted to see his face more distinctly in her mind, ruddy with the sun, and his golden-brown eyes, kind and careless, strained now with a natural fear, the fine nose tanned hard by the sun, the mouth that could not help smiling at her. And it went through her with pride, to think of his figure, a straight, fine jet of life.

Miss Louisa avait peur de l'homme immobile sur son lit. Puis elle éprouva un sursaut de frayeur envers Mr Massy en entendant sa voix menue et détachée. Puis, calmée, elle leva les yeux. Du côté opposé du lit elle voyait les têtes de la mère et du fils, l'une avec sa coiffe de dentelle noire au-dessus de sa petite nuque blanche, l'autre avec ses cheveux bruns brûlés par le soleil, trop ras et trop épais pour permettre une raie, et son cou hâlé et vigoureux, courbé comme malgré lui. La grande barbe grise du vieillard ne bougeait pas, la prière continuait. Mr Massy avec une extrême lucidité priait pour qu'ils puissent se soumettre tous à la volonté du Tout-Puissant. On aurait dit qu'il dominait les têtes inclinées, force objective qui les contrôlait inexorablement. Miss Louisa avait peur de lui; et elle se sentait obligée, pendant qu'il priait, d'avoir pour lui un certain respect. C'était un avant-goût de la mort, froide et inexorable, un goût de pure justice.

Ce soir-là, elle raconta cette visite à Mary. Son cœur, ses veines étaient hantés par la pensée d'Alfred Durant tenant sa mère dans ses bras; puis le son brisé de sa voix, qu'elle se remémorait sans cesse, était comme une flamme qui la transperçait; et elle voulait revoir plus distinctement en esprit ce visage, rougi par le soleil, et les yeux bruns dorés, doux et gais, maintenant voilés d'une angoisse naturelle, le nez mince et fortement bruni par le soleil, la bouche qui n'avait pas pu s'empêcher de lui sourire. Et elle avait comme un éclat de fierté en pensant à cette silhouette, à ce jaillissement de vie, droit et pur.

"He is a handsome lad," said she to Miss Mary, as if he had not been a year older than herself. Underneath was the deeper dread, almost hatred, of the inhuman being of Mr Massy. She felt she must protect herself and Alfred from him.

"When I felt Mr Massy there," she said, "I almost hated him. What right had he to be there!"

"Surely he had all right," said Miss Mary after a pause. "He is *really* a Christian."

"He seems to me nearly an imbecile," said Miss Louisa.

Miss Mary, quiet and beautiful, was silent for a moment:

"Oh, no," she said. "Not *imbecile* —"

"Well then — he reminds me of a six months' child — or a five months' child — as if he didn't have time to get developed enough before he was born."

"Yes," said Miss Mary, slowly. "There is something lacking. But there is something wonderful in him: and he is really *good* —"

"Yes," said Miss Louisa, "it doesn't seem right that he should be. What right has *that* to be called goodness!"

"But it *is* goodness," persisted Mary. Then she added, with a laugh: "And come, you wouldn't deny that as well."

There was a doggedness in her voice. She went about very quietly. In her soul, she knew what was going to happen.

« C'est un beau petit gars », dit-elle à Miss Mary, comme s'il n'était pas d'un an plus âgé qu'elle. Au fond d'elle il y avait cette crainte plus profonde, presque de la haine, pour la personne inhumaine de Mr Massy. Elle sentait la nécessité de se protéger de lui et d'en protéger Alfred.

« Quand je me suis rendu compte que Mr Massy assistait à cela, dit-elle, je l'ai presque détesté. Il n'avait aucun droit à être là.

— Mais tous les droits, voyons, dit Miss Mary après une pause. C'est un vrai chrétien.

— Moi, il me fait plutôt l'effet d'un demeuré », dit Miss Louisa.

Miss Mary, tranquille et belle, resta silencieuse un instant :

« Oh ! non ! dit-elle. Pas un demeuré.

— Eh bien ! alors, il me fait penser à un enfant né à six mois, ou même à cinq, comme s'il n'avait pas eu le temps de se développer suffisamment avant sa naissance.

— Oui, dit lentement Miss Mary. Il y a quelque chose qui manque. Mais il a des côtés admirables, il est véritablement bon.

— Oui, dit Miss Louisa, mais il ne semble pas juste qu'il le soit. De quel droit peut-on appeler *cela* de la bonté ?

— Mais il s'agit bien de bonté », persista Mary. Puis elle ajouta en riant : « Tu ne peux tout de même pas lui enlever ça ! »

Il y avait de l'obstination dans son ton. Elle restait très calme. Dans son âme elle savait ce qui allait arriver.

She knew that Mr Massy was stronger than she, and that she must submit to what he was. Her physical self was prouder, stronger than he, her physical self disliked and despised him. But she was in the grip of his moral, mental being. And she felt the days allotted out to her. And her family watched.

IV

A few days after, old Mr Durant died. Miss Louisa saw Alfred once more, but he was stiff before her now, treating her not like a person, but as if she were some sort of will in command and he a separate, distinct will waiting in front of her. She had never felt such utter steel-plate separation from any one. It puzzled her and frightened her. What had become of him? And she hated the military discipline — she was antagonistic to it. Now he was not himself. He was the will which obeys set over against the will which commands. She hesitated over accepting this. He had put himself out of her range. He had ranked himself inferior, subordinate to her. And that was how he would get away from her, that was how he would avoid all connexion with her : by fronting her impersonally from the opposite camp, by taking up the abstract position of an inferior.

She was brooding steadily and sullenly over this, brooding and brooding.

Elle savait que Mr Massy était plus fort qu'elle, et qu'elle devait se soumettre à cette force. Physiquement, elle était plus fière et plus forte que lui ; physiquement, elle le haïssait et le méprisait. Mais elle était sous la domination de son être moral et intellectuel. Elle avait l'impression que les jours lui étaient comptés. Et sa famille observait.

IV

Quelques jours après, le vieux Mr Durant mourut. Miss Louisa revit Alfred une fois, mais il était emprunté avec elle désormais ; il ne la traitait plus comme une personne, mais comme si elle était une espèce de volonté dominatrice et lui une autre volonté, distincte, en attente en face d'elle. Elle ne s'était jamais sentie séparée de qui que ce soit par un mur d'acier aussi absolu. Elle resta étonnée et craintive. Qu'était-il devenu ? Et elle détesta la discipline militaire, qui lui sembla l'ennemie. Il n'était plus le même. Il était la volonté qui obéit en face de la volonté qui commande. Elle avait du mal à admettre cela. Il s'était placé hors de son atteinte. Il s'était attribué un rang inférieur, il devenait son subalterne. Et c'était ainsi qu'il comptait lui échapper, éviter tout rapport avec elle : en lui faisant face superficiellement, de l'autre côté de la barrière, en adoptant la position neutre d'un inférieur.

Elle ressassait tout cela, ferme et maussade, le ruminait sans cesse.

Her fierce, obstinate heart could not give way. It clung to its own rights. Sometimes she dismissed him. Why should he, her inferior, trouble her?

Then she relapsed to him, and almost hated him. It was his way of getting out of it. She felt the cowardice of it, his calmly placing her in a superior class, and placing himself inaccessibly apart, in an inferior, as if she, the sentient woman who was fond of him, did not count. But she was not going to submit. Dogged in her heart she held on to him.

V

In six months' time Miss Mary had married Mr Massy. There had been no love-making, nobody had made any remark. But everybody was tense and callous with expectation. When one day Mr Massy asked for Mary's hand, Mr Lindley started and trembled from the thin, abstract voice of the little man. Mr Massy was very nervous, but so curiously absolute.

"I shall be very glad," said the vicar, "but of course the decision lies with Mary herself." And his still feeble hand shook as he moved a Bible on his desk.

The small man, keeping fixedly to his idea, padded out of the room to find Miss Mary.

Son cœur farouche et obstiné ne voulait pas céder ni abandonner ses prérogatives. Parfois elle affichait du dédain pour le jeune homme. Pourquoi s'inquiéter d'un inférieur?

Puis elle lui revenait et le haïssait presque. C'était la façon qu'il avait d'escamoter la difficulté. Elle se rendait compte de ce qu'il y avait de lâcheté de sa part à la mettre calmement dans une classe supérieure, et à s'isoler dans l'inaccessibilité d'une position inférieure, comme si elle, femme vivante qui avait de l'affection pour lui, ne comptait pas. Mais elle n'était pas près de capituler. Obstinée dans son cœur, elle s'accrochait.

V

Au bout de six mois Miss Mary avait épousé Mr Massy. Il ne lui avait pas fait la cour; personne n'avait fait de réflexions. Mais tout le monde était nerveux et endurci d'être dans l'attente. Le jour où Mr Massy demanda la main de Mary, Mr Lindley sursauta et frissonna au son mince et dépouillé de la voix du petit homme. Mr Massy était très intimidé, mais curieusement inflexible.

«Je serai très heureux, dit Mr Lindley, mais, bien entendu, la décision dépend de Mary.» Et sa main de convalescent trembla en déplaçant une bible sur son bureau.

Le petit homme, suivant fixement son idée, quitta la pièce en trottinant pour aller retrouver Miss Mary.

He sat a long time by her, while she made some conversation, before he had readiness to speak. She was afraid of what was coming, and sat stiff in apprehension. She felt as if her body would rise and fling him aside. But her spirit quivered and waited. Almost in expectation she waited, almost wanting him. And then she knew he would speak.

"I have already asked Mr Lindley," said the clergyman, while suddenly she looked with aversion at his little knees, "if he would consent to my proposal." He was aware of his own disadvantage, but his will was set.

She went cold as she sat, and impervious, almost as if she had become stone. He waited a moment nervously. He would not persuade her. He himself never even heard persuasion, but pursued his own course. He looked at her, sure of himself, unsure of her, and said :

"Will you become my wife, Mary?"

Still her heart was hard and cold. She sat proudly.

"I should like to speak to mama first," she said.

"Very well," replied Mr Massy. And in a moment he padded away.

Il resta un long moment assis près d'elle, qui lui parlait de choses et d'autres, avant de se sentir à même d'entamer le sujet. Elle avait peur de ce qui allait arriver et était glacée[1] d'appréhension. Elle eut la sensation que son corps allait se lever et envoyer promener Mr Massy. Mais son esprit palpitait et attendait. C'était presque avec de l'espoir qu'elle attendait, presque avec du désir. Et alors elle sut qu'il allait parler.

« J'ai déjà demandé à Mr Lindley », dit le pasteur, tandis que soudain elle se prenait d'aversion pour ses petits genoux, « s'il donnerait son consentement à ma demande. » Il avait conscience de ses désavantages, mais sa volonté était inébranlable.

Elle devint toute froide, immobile[2], impénétrable, presque comme si elle était devenue de marbre. Il attendit nerveusement quelques instants. Il n'essaierait pas de la convaincre. Rien n'avait jamais pu le convaincre, lui, il avait toujours persévéré dans la voie qu'il s'était fixée. Il la regarda, sûr de lui, moins sûr d'elle, et dit :

« Voulez-vous être ma femme, Mary ? »

Le cœur de la jeune fille était encore dur et glacé. Elle s'enveloppait de sa fierté.

« Je voudrais en parler d'abord à maman, dit-elle.

— Très bien », dit Mr Massy. Et au bout d'un instant, il s'éloigna à pas feutrés.

---

1. *Sat stiff* : mot à mot, « et elle se tenait assise, raidie ».
2. *As she sat* : mot à mot, « tandis qu'elle restait assise ». L'usage des verbes de position, dont Lawrence abuse beaucoup, pose toujours de sérieux problèmes de traduction.

Mary went to her mother. She was cold and reserved.

"Mr Massy has asked me to marry him, mama," she said. Mrs Lindley went on staring at her book. She was cramped in her feeling.

"Well, and what did you say?"

They were both keeping calm and cold.

"I said I would speak to you before answering him."

This was equivalent to a question. Mrs Lindley did not want to reply to it. She shifted her heavy form irritably on the couch. Miss Mary sat calm and straight, with closed mouth.

"Your father thinks it would not be a bad match," said the mother, as if casually.

Nothing more was said. Everybody remained cold and shut-off. Miss Mary did not speak to Miss Louisa, the Reverend Ernest Lindley kept out of sight.

At evening Miss Mary accepted Mr Massy.

"Yes, I will marry you," she said, with even a little movement of tenderness towards him. He was embarrassed, but satisfied. She could see him making some movement towards her, could feel the male in him, something cold and triumphant, asserting itself. She sat rigid, and waited.

When Miss Louisa knew, she was silent with bitter anger against everybody, even against Mary. She felt her faith wounded.

Mary alla retrouver sa mère. Elle était froide et réservée.

« Mère, Mr Massy m'a demandé de l'épouser », dit-elle. Mrs Lindley ne leva pas les yeux de son livre. Ses sentiments étaient paralysés.

« Et alors, qu'as-tu répondu ? »

Toutes deux gardaient leur calme et leur sang-froid.

« J'ai dit que je voulais vous parler avant de donner ma réponse. »

Cela équivalait à une question. Mrs Lindley ne voulait pas y répondre. Irritée, elle bougea son corps massif sur la chaise longue. Miss Mary restait droite et immobile sur son siège, les lèvres serrées.

« Ton père pense que ce ne serait pas un mauvais mariage », dit la mère, avec une sorte de désinvolture.

Pas un mot de plus ne fut prononcé. Chacun demeura muet et réservé. Mary ne dit rien à Miss Louisa ; le révérend Ernest Lindley resta invisible.

Le soir, Miss Mary agréa la demande de Mr Massy.

« Oui, je veux vous épouser », dit-elle avec quelque chose comme un vague élan de tendresse envers lui. Il était gêné, mais satisfait. Elle le vit faire un mouvement vers elle, devina le mâle en lui, quelque chose de froid et de triomphant qui s'affirmait. Elle se raidit et attendit.

Quand Miss Louisa fut au courant, elle resta muette de colère et d'amertume contre tous, même contre Mary. Elle sentait sa foi trahie.

Did the real thing to her not matter after all? She wanted to get away. She thought of Mr Massy. He had some curious power, some unanswerable right. He was a will that they could not controvert. Suddenly a flush started in her. If he had come to her she would have flipped him out of the room. He was never going to touch *her*. And she was glad. She was glad that her blood would rise and exterminate the little man, if he came too near to her, no matter how her judgement was paralysed by him, no matter how he moved in abstract goodness. She thought she was perverse to be glad, but glad she was. "I would just flip him out of the room," she said, and she derived great satisfaction from the open statement. Nevertheless, perhaps she ought still to feel that Mary, on her plane, was a higher being than herself. But then Mary was Mary, and she was Louisa, and that also was unalterable.

Mary, in marrying him, tried to become a pure reason such as he was, without feeling or impulse. She shut herself up, she shut herself rigid against the agonies of shame and the terror of violation which came at first. She *would* not feel, and she *would* not feel.

Est-ce que la chose la plus importante à ses yeux ne comptait pour rien après tout ? Elle avait envie de s'enfuir. Elle pensa à Mr Massy. Il détenait un pouvoir mystérieux, une sorte de droit imprescriptible. C'était une volonté qu'elles ne pouvaient contester. Tout d'un coup, le sang lui monta au visage. S'il l'avait approchée, elle l'aurait sorti de la pièce d'un revers de main. Jamais elle ne lui aurait permis de la toucher, *elle*. Et elle était heureuse. Elle était heureuse parce que son sang saurait surgir en elle pour exterminer le petit homme, s'il s'approchait trop d'elle, même s'il la paralysait dans ses jugements, même s'il vivait dans une abstraction de bonté. Elle pensait qu'il y avait de la perversité à être heureuse de cela, mais elle en était vraiment heureuse. «Je le sortirais de la pièce d'un revers de main, et voilà tout», se disait-elle, et elle tirait une grande satisfaction de cette franche déclaration. Cependant, peut-être devrait-elle continuer à considérer Mary, dans sa sphère, comme un être qui lui était supérieur. Mais après tout Mary était Mary, et elle était Louisa, et cela ne pouvait être autrement.

Mary, en l'épousant, essaya de devenir comme lui un bloc de raison pure, sans sentimentalité ou élan. Elle se renferma en elle-même, elle se raidit en elle-même, pour se protéger des tortures de la honte et de l'horreur de la profanation, qui vinrent d'abord. Elle ne voulait rien ressentir, elle ne voulait pas.

She was a pure will acquiescing to him. She elected a certain kind of fate. She would be good and purely just, she would live in a higher freedom than she had ever known, she would be free of mundane care, she was a pure will towards right. She had sold herself, but she had a new freedom. She had got rid of her body. She had sold a lower thing, her body, for a higher thing, her freedom from material things. She considered that she paid for all she got from her husband. So, in a kind of independence, she moved proud and free. She had paid with her body: that was henceforward out of consideration. She was glad to be rid of it. She had bought her position in the world — that henceforth was taken for granted. There remained only the direction of her activity towards charity and high-minded living.

She could scarcely bear other people to be present with her and her husband. Her private life was her shame. But then, she could keep it hidden. She lived almost isolated in the rectory of the tiny village miles from the railway. She suffered as if it were an insult to her own flesh, seeing the repulsion which some people felt for her husband, or the special manner they had of treating him, as if he were a "case."

Elle était une volonté abstraite[1] qui donnait son consentement. Elle choisissait une certaine forme de destinée. Elle pratiquerait la bonté et une justice abstraite, elle vivrait dans une liberté plus haute que celle qu'elle avait connue, dégagée de tout souci terre à terre, elle était une volonté abstraite tendant au bien. Elle s'était vendue, mais elle avait acquis une nouvelle liberté. Elle s'était débarrassée de son corps. Elle avait vendu une chose vile, son corps, en échange d'une chose supérieure, la libération des contraintes matérielles. Elle considérait qu'elle avait payé tout ce qu'elle recevait de son mari. Ainsi, dans une espèce d'indépendance, elle vivait libre et fière. Elle avait payé avec son corps ; dorénavant, elle ne voulait plus avoir à y penser. Elle était heureuse d'en être débarrassée. Elle avait acheté sa situation sociale — dorénavant elle ne voulait plus remettre cela en cause. Il ne restait plus que son intention de diriger ses activités vers la charité et la moralité.

Elle n'aimait guère la présence de tiers entre elle et son mari. Elle avait honte de sa vie intime. Mais elle pouvait facilement la cacher. Elle vivait dans un isolement à peu près complet, dans le presbytère de ce village minuscule, à des lieues du chemin de fer. Elle souffrait comme d'une injure à sa propre chair, quand elle voyait le dégoût qu'inspirait son mari à certains, ou leur manière particulière de le traiter comme « un cas ».

1. La traduction de *pure* par « abstraite » tient compte de l'aversion connue de l'auteur pour le domaine intellectuel.

But most people were uneasy before him, which restored her pride.

If she had let herself, she would have hated him, hated his padding round the house, his thin voice devoid of human understanding, his bent little shoulders and rather incomplete face that reminded her of an abortion. But rigorously she kept to her position. She took care of him and was just to him. There was also a deep, craven fear of him, something slave-like.

There was not much fault to be found with his behaviour. He was scrupulously just and kind according to his lights. But the male in him was cold and self-complete, and utterly domineering. Weak, insufficient little thing as he was, she had not expected this of him. It was something in the bargain she had not understood. It made her hold her head, to keep still. She knew, vaguely, that she was murdering herself. After all, her body was not quite so easy to get rid of. And this manner of disposing of it — ah, sometimes she felt she must rise and bring about death, lift her hand for utter denial of everything, by a general destruction.

He was almost unaware of the conditions about him. He did not fuss in the domestic way, she did as she liked in the house. Indeed, she was a great deal free of him. He would sit obliterated for hours. He was kind, and almost anxiously considerate.

Mais la plupart des gens étaient intimidés devant lui, ce qui lui rendait sa fierté.

Si elle s'était laissée aller, elle serait arrivée à le haïr, haïr ses pas feutrés dans la maison, sa voix fluette dénuée de compréhension humaine, ses petites épaules voûtées et son visage mal ébauché qui lui faisaient penser à un avorton. Mais elle demeura ferme dans la position qu'elle avait choisie. Elle s'occupait de lui et lui rendait justice. Il y avait aussi la peur profonde et lâche qu'il lui inspirait, quelque chose de servile.

Il n'y avait pas grand-chose à reprocher à sa conduite. Il était scrupuleusement droit, et bon à sa façon. Mais la virilité chez lui était froide, indépendante et totalement dominatrice. Ce petit être faible et falot ne l'avait pas préparée à attendre cela de lui. C'était un élément de la transaction sur lequel elle s'était méprise. Cela la forçait à tenir la tête haute, pour garder son calme. Elle se rendait vaguement compte qu'elle était en train de s'assassiner elle-même. En somme, ce n'était pas si facile de se débarrasser de son corps. Et cette façon de s'en défaire... Ah! quelquefois elle avait envie de se révolter, de tuer, de lever la main pour refuser l'existence à toutes choses, par une destruction universelle.

Il était presque inconscient de ce qui se passait autour de lui. Il n'intervenait pas dans la vie domestique, elle faisait ce qu'elle voulait dans la maison. Vraiment, il la laissait très libre. Il passait des heures assis à ne rien faire. Il était bon et presque maladivement attentionné.

But when he considered he was right, his will was just blindly male, like a cold machine. And on most points he was logically right, or he had with him the right of the creed they both accepted. It was so. There was nothing for her to go against.

Then she found herself with child, and felt for the first time horror, afraid before God and man. This also she had to go through — it was the right. When the child arrived, it was a bonny, healthy lad. Her heart hurt in her body, as she took the baby between her hands. The flesh that was trampled and silent in her must speak again in the boy. After all, she had to live — it was not so simple after all. Nothing was finished completely. She looked and looked at the baby, and almost hated it, and suffered an anguish of love for it. She hated it because it made her live again in the flesh, when she *could* not live in the flesh, she could not. She wanted to trample her flesh down, down, extinct, to live in the mind. And now there was this child. It was too cruel, too racking. For she must love the child. Her purpose was broken in two again. She had to become amorphous, purposeless, without real being. As a mother, she was a fragmentary, ignoble thing.

Mr Massy, blind to everything else in the way of human feeling, became obsessed by the idea of his child.

Mais quand il pensait avoir raison, sa volonté n'était que virilité aveugle, comme une froide machine. Et sur la plupart des points, il avait logiquement raison, ou bien il avait pour lui le bon droit que lui conférait le credo qu'ils acceptaient tous deux. C'était ainsi. Elle n'avait rien contre quoi s'insurger.

Puis elle se trouva enceinte et se sentit pour la première fois épouvantée, craintive devant Dieu et les hommes. Cela aussi, il lui fallait l'endurer, c'était justice. L'enfant naquit : ce fut un beau garçon vigoureux. Son cœur fut transpercé dans son corps quand elle prit le bébé dans ses mains. Sa chair piétinée et réduite au silence, elle allait s'exprimer à nouveau dans cet enfant. En somme, elle devait vivre, ce n'était pas si simple que cela. Rien n'était tout à fait fini. Elle dévorait l'enfant des yeux, et le haïssait presque et souffrait pour lui toutes les angoisses de l'amour. Elle le haïssait parce qu'il la faisait vivre à nouveau charnellement, alors qu'elle ne pouvait pas vivre par la chair, qu'elle en était absolument incapable. Elle voulait fouler aux pieds cette chair, l'écraser, l'abolir, pour exister par l'esprit. Et maintenant il y avait cet enfant. C'était trop cruel, une torture. Car elle lui devait son amour. De nouveau son idéal était brisé en deux. Il lui fallait devenir amorphe, sans idéal, sans existence réelle. En tant que mère elle était un être ignoble et fragmentaire.

Mr Massy, aveugle à tous les autres aspects de la sensibilité humaine, devint obsédé par l'idée de son fils.

When it arrived, suddenly it filled the whole world of feeling for him. It was his obsession, his terror was for its safety and well-being. It was something new, as if he himself had been born a naked infant, conscious of his own exposure, and full of apprehension. He who had never been aware of anyone else, all his life, now was aware of nothing but the child. Not that he ever played with it, or kissed it, or tended it. He did nothing for it. But it dominated him, it filled, and at the same time emptied his mind. The world was all baby for him.

This his wife must also bear, this question: "What is the reason that he cries?" — his reminder, at the first sound: "Mary, that is the child" — his restlessness if the feeding-time were five minutes past. She had bargained for this — now she must stand by her bargain.

VI

Miss Louisa, at home in the dingy vicarage, had suffered a great deal over her sister's wedding. Having once begun to cry out against it, during the engagement, she had been silenced by Mary's quiet: "I don't agree with you about him, Louisa, I *want* to marry him." Then Miss Louisa had been angry deep in her heart, and therefore silent.

Cette naissance remplit subitement tout son univers affectif. C'était son obsession ; sa terreur concernait la sécurité et le bien-être de l'enfant. C'était quelque chose de nouveau, comme si c'était lui qui venait de naître, bébé sans défense, conscient de sa propre fragilité et rempli d'appréhension. Lui qui de sa vie n'avait jamais prêté attention à qui que ce soit, maintenant ne voyait plus rien au monde que l'enfant. Cela ne veut pas dire qu'il jouait jamais avec lui, qu'il l'embrassait ou s'en occupait. Il ne faisait rien pour lui. Mais celui-ci le dominait complètement, remplissait son esprit et en même temps le vidait. Le monde pour lui n'était que bébé.

Cela aussi, sa femme devait le supporter ; cette question : « Pour quelle raison pleure-t-il ? » ; ses rappels à l'ordre au premier cri : « Mary, c'est le petit » ; son agitation lorsque l'heure du biberon était passée de cinq minutes. Elle avait accepté ce contrat ; elle devait maintenant s'y tenir.

VI

Miss Louisa, restée dans le sombre presbytère d'Aldecross, avait beaucoup souffert du mariage de sa sœur. Ayant une fois, pendant les fiançailles, commencé à protester à ce sujet, elle avait été réduite au silence par la réponse posée de Mary : « Je ne suis pas de ton avis à ce sujet, Louisa, je désire vraiment l'épouser. » Alors Miss Louisa avait porté sa colère dans le fond de son cœur et avait donc gardé le silence.

This dangerous state started the change in her. Her own revulsion made her recoil from the hitherto undoubted Mary.

"I'd beg the streets barefoot first," said Miss Louisa, thinking of Mr Massy.

But evidently Mary could perform a different heroism. So she, Louisa the practical, suddenly felt that Mary, her ideal, was questionable after all. How could she be pure — one cannot be dirty in act and spiritual in being. Louisa distrusted Mary's high spirituality. It was no longer genuine for her. And if Mary were spiritual and misguided, why did not her father protect her? Because of the money. He disliked the whole affair, but he backed away, because of the money. And the mother frankly did not care : her daughters could do as they liked. Her mother's pronouncement :

"Whatever happens to *him*, Mary is safe for life," — so evidently and shallowly a calculation, incensed Louisa.

"I'd rather be safe in the workhouse," she cried.

"Your father will see to that," replied her mother brutally.

Cette situation dangereuse fut le point de départ d'un changement en elle. Son propre dégoût l'éloignait de Mary, en qui jusqu'alors elle avait mis toute sa confiance.

« J'aimerais mieux mendier pieds nus de par les rues », dit Louisa, en pensant à Mr Massy.

Mais de toute évidence, Mary était capable d'une autre sorte d'héroïsme. Alors, elle, Louisa, la fille pratique, eut soudain le sentiment que Mary, son idéal, était discutable après tout. Elle ne pouvait pas être jugée pure ; on ne peut pas se souiller dans ses actes et conserver la spiritualité de l'âme. Louisa se méfiait de la haute spiritualité de Mary, qui ne lui apparaissait plus comme authentique. Et si Mary était peu judicieuse à cause de sa spiritualité, pourquoi son père ne l'avait-il pas mise en garde ? À cause de l'argent. Cette affaire ne lui plaisait guère, mais il fermait les yeux, à cause de l'argent. Pour leur mère, honnêtement, ça lui était égal : ses filles avaient le droit de faire ce qu'elles voulaient. Une déclaration de sa mère :

« Quoi qu'il lui arrive à *lui*, Mary est en sécurité pour le restant de ses jours » — calcul si évident et si superficiel — mit Louisa en colère.

« J'aimerais mieux la sécurité de l'hospice[1], s'écria-t-elle.

— Ton père veillera à ce que tu t'y retrouves », répondit brutalement sa mère.

1. Le *workhouse*, hospice pour les indigents, était un peu comme une prison où les municipalités enfermaient les vagabonds à l'abri des regards du public, en faisant travailler les plus valides pour garder les autres en vie.

This speech, in its indirectness, so injured Miss Louisa that she hated her mother deep, deep in her heart, and almost hated herself. It was a long time resolving itself out, this hate. But it worked and worked, and at last the young woman said :

"They are wrong — they are all wrong. They have ground out their souls for what isn't worth anything, and there isn't a grain of love in them anywhere. And I *will* have love. They want us to deny it. They've never found it, so they want to say it doesn't exist. But I *will* have it. I *will* love — it is my birthright. I will love the man I marry — that is all I care about."

So Miss Louisa stood isolated from everybody. She and Mary had parted over Mr Massy. In Louisa's eyes, Mary was degraded, married to Mr Massy. She could not bear to think of her lofty, spiritual sister degraded in the body like this. Mary was wrong, wrong, wrong ; she was not superior, she was flawed, incomplete. The two sisters stood apart. They still loved each other, they would love each other as long as they lived. But they had parted ways. A new solitariness came over the obstinate Louisa, and her heavy jaw set stubbornly. She was going on her own way. But which way? She was quite alone, with a blank world before her. How could she be said to have any way? Yet she had her fixed will to love, to have the man she loved.

Ces mots, quoique indirects, blessèrent tellement Miss Louisa qu'elle se mit à haïr sa mère, profondément, du fond du cœur, et presque à se haïr elle-même. Elle mit longtemps à se dissiper, cette haine. Au contraire elle la travailla longtemps et finalement la jeune femme dit :

« Ils ont tort ; ils ont entièrement tort. Ils ont pulvérisé leur âme pour obtenir en échange ce qui n'a aucune valeur, et il n'y a pas un atome d'amour en eux. Et moi, je *veux* l'amour. Ils veulent qu'on s'en passe. Ils ne l'ont jamais connu, alors ils veulent affirmer qu'il n'existe pas. Mais moi, je *veux* l'amour, je *veux* aimer, c'est mon droit. Je veux aimer l'homme que j'épouserai. Le reste m'est égal. »

Alors Miss Louisa se trouva isolée parmi les siens. Mary et elle avaient rompu au sujet de Mr Massy. Aux yeux de Louisa, Mary s'était dégradée en épousant Mr Massy. Elle ne pouvait accepter l'idée de sa noble sœur, à l'âme si haute, dégradée ainsi dans son corps. Mary avait tort, entièrement tort ; elle n'était pas supérieure, elle était tarée, incomplète. Les deux sœurs étaient coupées l'une de l'autre. Elles s'aimaient encore, elles s'aimeraient toute leur vie, mais leurs voies étaient différentes. Une nouvelle solitude accabla l'opiniâtre Louisa et sa lourde mâchoire se serra, volontaire. Elle suivrait son chemin. Mais quel chemin ? Elle était complètement seule, un monde vide devant elle. Comment pouvait-on dire qu'elle avait un chemin ? Mais elle était fermement décidée à l'amour, à avoir l'homme qu'elle aimerait.

VII

When her boy was three years old, Mary had another baby, a girl. The three years had gone by monotonously. They might have been an eternity, they might have been brief as a sleep. She did not know. Only, there was always a weight on top of her, something that pressed down her life. The only thing that had happened was that Mr Massy had had an operation. He was always exceedingly fragile. His wife had soon learned to attend to him mechanically, as part of her duty.

But this third year, after the baby girl had been born, Mary felt oppressed and depressed. Christmas drew near : the gloomy, unleavened Christmas of the rectory, where all the days were of the same dark fabric. And Mary was afraid. It was as if the darkness were coming upon her.

"Edward, I should like to go home for Christmas," she said, and a certain terror filled her as she spoke.

"But you can't leave baby," said her husband, blinking.

"We can all go."

He thought, and stared in his collective fashion.

"Why do you wish to go?" he asked.

Quand son fils eut trois ans, Mary eut un autre enfant, une fille. Les trois années s'étaient écoulées dans la monotonie. Cela avait-il été une éternité? Cela avait-il duré le temps d'un somme? Elle n'aurait pu le dire. Elle savait seulement qu'il y avait toujours un poids sur elle, quelque chose qui écrasait sa vie. Le seul événement fut une opération que subit Mr Massy. Il était toujours excessivement délicat. Sa femme sut bientôt le soigner, machinalement, comme c'était son devoir.

Mais en cette troisième année, après la naissance de sa petite fille, Marie se sentit opprimée et dépressive. Noël approchait, le sombre Noël sans relief[1] du presbytère, où tous les jours étaient tissés de la même étoffe grise. Et Mary eut peur. C'était comme si cette obscurité venait pour l'engloutir.

« Edward, je voudrais aller chez mes parents pour Noël », dit-elle, et une espèce de terreur l'envahit à mesure qu'elle parlait.

« Mais vous ne pouvez pas laisser le bébé, dit son mari en fronçant les sourcils[2].

— Eh bien, allons-y tous. »

Il réfléchit, les yeux fixes, de sa manière recueillie.

« Pourquoi désirez-vous y aller? demanda-t-il.

1. *Unleavened*, mot à mot : « sans levain ».
2. *Blinking*, exactement : « en clignant des yeux ». Lawrence affectionne cet à-peu-près péjoratif qui ridiculise le pasteur.

"Because I need a change. A change would do me good, and it would be good for the milk."

He heard the will in his wife's voice, and was at a loss. Her language was unintelligible to him. But somehow he felt that Mary was set upon it. And while she was breeding, either about to have a child, or nursing, he regarded her as a special sort of being.

"Wouldn't it hurt baby to take her by the train?" he said.

"No," replied the mother, "why should it?"

They went. When they were in the train it began to snow. From the window of his first-class carriage the little clergyman watched the big flakes sweep by, like a blind drawn across the country. He was obsessed by thought of the baby, and afraid of the draughts of the carriage.

"Sit right in the corner," he said to his wife, "and hold baby close back."

She moved at his bidding, and stared out of the window. His eternal presence was like an iron weight on her brain. But she was going partially to escape for a few days.

"Sit on the other side, Jack," said the father. "It is less draughty. Come to this window."

He watched the boy in anxiety. But his children were the only beings in the world who took not the slightest notice of him.

— Parce que j'ai besoin de changement. Un changement me ferait du bien et cela serait bon pour mon lait. »

Il entendit la détermination dans la voix de sa femme et ne sut que faire. Il ne comprenait pas ce langage. Mais d'une certaine façon il sentait que Mary était décidée. Et dans son rôle de génitrice, sur le point d'accoucher ou en train de nourrir, elle était pour lui un être d'une espèce à part.

« Cela ne fera pas de mal au bébé de prendre le train ? demanda-t-il.

— Mais non, répondit la mère. Pourquoi donc ? »

Ils partirent. Quand ils furent dans le train, la neige se mit à tomber. Par la fenêtre de leur compartiment de première classe, le petit pasteur regardait passer les gros flocons, semblables à un rideau tiré sur la campagne. Il était obsédé par la pensée du bébé et redoutait les courants d'air du wagon.

« Mettez-vous bien dans le coin, dit-il à sa femme, et protégez-la bien. »

Elle fit les gestes qu'il ordonnait et regarda fixement par la fenêtre. Cette éternelle présence était comme un poids de fer sur son cerveau. Mais pendant quelques jours elle allait y échapper un peu.

« Assieds-toi de l'autre côté, Jack, dit le père. Il y a moins de courants d'air. Viens à cette fenêtre. »

Il surveillait anxieusement l'enfant. Mais ses enfants étaient les seuls êtres au monde à ne pas lui prêter la moindre attention.

"Look, mother, look!" cried the boy. "They fly right in my face" — he meant the snowflakes.

"Come into this corner," repeated his father, out of another world.

"He's jumped on this one's back, mother, an' they're riding to the bottom!" cried the boy, jumping with glee.

"Tell him to come on this side," the little man bade his wife.

"Jack, kneel on this cushion," said the mother, putting her white hand on the place.

The boy slid over in silence to the place she indicated, waited still for a moment, then almost deliberately, stridently cried :

"Look at all those in the corner, mother, making a heap," and he pointed to the cluster of snowflakes with finger pressed dramatically on the pane, and he turned to his mother a bit ostentatiously.

"All in a heap!" she said.

He had seen her face, and had her response, and he was somewhat assured. Vaguely uneasy, he was reassured if he could win her attention.

They arrived at the vicarage at half-past two, not having had lunch.

1. L'anglais dit « hors d'un autre univers », comme il dit « manger hors d'une assiette » ou « regarder hors d'un œil noir ». Il serait maladroit d'essayer de rendre dans la traduction ces indications de mouvement purement idiomatiques.
2. « Monte » traduit *kneel*, mot à mot : « agenouille-toi », qui décrit bien la façon dont un jeune enfant va se hisser à cette

«Regardez, maman, regardez! s'écriait le gar-
çonnet, ils me foncent sur la figure! — il voulait
parler des flocons de neige.

— Viens dans ce coin, répétait le père, confiné[1]
dans un autre univers.

— Celui-ci a grimpé sur le dos de l'autre,
maman, et ils galopent jusqu'en bas! s'écria l'enfant en sautant de joie.

— Dites-lui de venir de ce côté-ci, ordonna le
petit homme à sa femme.

— Jack, monte[2] sur ce siège», dit la mère,
posant sa main blanche à l'endroit indiqué.

L'enfant se glissa en silence à l'endroit qu'elle
lui montrait, se tint tranquille un instant, puis
s'écria d'une voix aiguë, presque provocante:

«Regardez, maman, tous ceux-là dans le coin
qui font un tas!» Et il montrait l'amas de flocons
en écrasant spectaculairement son doigt sur la
vitre. Et il se tourna vers sa mère avec de grands
airs.

«Tous en tas», dit-elle.

Il avait vu son visage et obtenu sa réaction, et
il était quelque peu rassuré. Vaguement mal à
l'aise, il se sentait rassuré s'il pouvait capter son
attention.

Ils arrivèrent au presbytère d'Aldecross[3] à deux
heures et demie, sans avoir déjeuné.

---

hauteur. Les banquettes de première classe étaient com-
posées de trois coussins, d'où la traduction de *cushion* par
«siège».
3. Lawrence emploie deux mots différents pour désigner
le presbytère de Mr Lindley et celui de Mr Massy, qui a le titre
de recteur. La traduction doit préciser.

"How are you, Edward?" said Mr Lindley, trying on his side to be fatherly. But he was always in a false position with his son-in-law, frustrated before him, therefore, as much as possible, he shut his eyes and ears to him. The vicar was looking thin and pale and ill-nourished. He had gone quite grey. He was, however, still haughty; but, since the growing-up of his children, it was a brittle haughtiness, that might break at any moment and leave the vicar only an impoverished, pitiable figure. Mrs Lindley took all the notice of her daughter, and of the children. She ignored her son-in-law. Miss Louisa was clucking and laughing and rejoicing over the baby. Mr Massy stood aside, a bent persistent little figure.

"Oh a pretty! — a little pretty! oh a cold little pretty come in a railway-train!" Miss Louisa was cooing to the infant, crouching on the hearthrug, opening the white woollen wraps and exposing the child to the fireglow.

"Mary," said the little clergyman, "I think it would be better to give baby a warm bath; she may take a cold."

"I think it is not necessary," said the mother, coming and closing her hand judiciously over the rosy feet and hands of the mite. "She is not chilly."

"Not a bit," cried Miss Louisa. "She's not caught cold."

"I'll go and bring her flannels," said Mr Massy, with one idea.

«Comment allez-vous, Edward?» dit Mr Lindley, essayant pour sa part d'être paternel. Mais il était toujours dans une position fausse vis-à-vis de son gendre, rempli de dépit en sa présence, et donc, autant que possible, il évitait de le voir et de l'entendre. Le pasteur avait l'air maigre, pâle et mal nourri. Il était devenu tout gris. Il était néanmoins toujours hautain; mais, depuis que ses enfants étaient grands, c'était une hauteur fragile, qui pouvait se briser à tout moment et laisser apparaître un être pitoyable et démuni. Mrs Lindley ne s'intéressa qu'à sa fille et aux enfants. Elle ne prêta pas attention à son gendre. Miss Louisa gloussait, riait, rayonnait devant la petite fille. Mr Massy se tenait à l'écart, petite silhouette courbée mais présente.

«Oh! le chou! Le petit chou! Le petit chou tout gelé qui est venu dans le grand train!» Miss Louisa roucoulait avec la petite, accroupie sur le tapis devant la cheminée, entrouvrant les couvertures de laine blanche et exposant l'enfant à la lueur du feu.

«Mary, dit le petit pasteur, je crois qu'il vaudrait mieux donner à bébé un bain chaud; elle pourrait attraper un rhume.

— Je ne crois pas que cela soit nécessaire, dit la mère en venant refermer judicieusement sa main sur les pieds et les menottes roses de la petite. Elle n'a pas froid.

— Pas du tout, s'écria Miss Louisa. Elle n'a pas pris froid.

— Je vais chercher ses linges de toilette, dit Mr Massy, en proie à l'idée fixe.

"I can bath her in the kitchen then," said Mary, in an altered, cold tone.

"You can't, the girl is scrubbing there," said Miss Louisa. "Besides, she doesn't want a bath at this time of day."

"She'd better have one," said Mary, quietley, out of submission. Miss Louisa's gorge rose, and she was silent. When the little man padded down with the flannels on his arm, Mrs Lindley asked :

"Hadn't *you* better take a hot bath, Edward?"

But the sarcasm was lost on the little clergyman. He was absorbed in the preparation round the baby.

The room was dull and threadbare, and the snow outside seemed fairy-like by comparison, so white on the lawn and tufted on the bushes. Indoors the heavy pictures hung obscurely on the walls, everything was dingy with gloom.

Except in the fireglow, where they had laid the bath on the hearth. Mrs Massy, her black hair always smoothly coiled and queenly, kneeled by the bath, wearing a rubber apron, and holding the kicking child. Her husband stood holding the towels and the flannels to warm. Louisa, too cross to share in the joy of the baby's bath, was laying the table. The boy was hanging on the door-knob, wrestling with it to get out. His father looked round.

— Alors, je peux la baigner dans la cuisine, dit Mary d'une voix froide et changée.

— C'est impossible, la bonne est en train de passer la serpillière, dit Miss Louisa. D'ailleurs, elle n'a pas besoin d'un bain à cette heure-ci.

— Il vaut mieux lui en donner un », dit Mary, d'une voix basse qui exprimait la soumission. La colère envahit Miss Louisa et elle se tut. Quand le petit homme descendit en trottinant, avec les linges de toilette sur le bras, Mrs Lindley demanda :

«Et vous, Edward, ne devriez-vous pas prendre un bain chaud ? »

Mais l'ironie ne toucha pas le petit pasteur. Il était absorbé par les préparatifs concernant le bébé.

La pièce était terne et miséreuse, et la neige dehors semblait féerique par comparaison, toute blanche sur la pelouse, en touffe sur la futaie. Dedans, les lourds tableaux pendaient aux murs, sombres ; l'obscurité donnait à tout un air miteux.

Sauf dans le rougeoiement de l'âtre, où on avait disposé la baignoire, devant la cheminée. Mrs Massy, ses cheveux noirs comme toujours en un chignon bien lissé, majestueuse, était agenouillée au bord de la baignoire, revêtue d'un tablier de caoutchouc et tenant le bébé qui gigotait. Son mari tendait au feu les linges et les serviettes pour les chauffer. Louisa, trop furieuse pour partager l'amusement du bain de l'enfant, mettait le couvert. Le petit garçon était suspendu au bouton de la porte, essayant de le tourner pour sortir. Son père porta les yeux sur lui.

"Come away from the door, Jack," he said ineffectually. Jack tugged harder at the knob as if he did not hear. Mr Massy blinked at him.

"He must come away from the door, Mary," he said. "There will be a draught if it is opened."

"Jack, come away from the door, dear," said the mother, dexterously turning the shiny wet baby on to her towelled knee, then glancing round: "Go and tell Auntie Louisa about the train."

Louisa, also afraid to open the door, was watching the scene on the hearth. Mr Massy stood holding the baby's flannel, as if assisting at some ceremonial. If everybody had not been subduedly angry, it would have been ridiculous.

"I want to see out of the window," Jack said. His father turned hastily.

"Do *you* mind lifting him on to a chair, Louisa," said Mary hastily. The father was too delicate.

When the baby was flannelled, Mr Massy went upstairs and returned with four pillows, which he set in the fender to warm. Then he stood watching the mother feed her child, obsessed by the idea of his infant.

« *Personne ne faisait la cour à Miss Mary, ni à Miss Louisa. Quelles chances avaient-elles de se marier ? Elles ne rencontraient pas à Aldecross de jeunes gens susceptibles d'être de bons partis pour elles.* »

1 *Deux Sœurs*, peinture d'August Andreas Jendorff (1846-1906), Christie's Images, Londres.

2

3

4

2 D. H. Lawrence en 1914.

3 Jessie Chambers, la première femme de l'écrivain, qu'il connut en 1901. Elle lui inspira les personnages d'Emily de son premier roman, *Le paon blanc*, et celui de Myriam dans *Amants et Fils*.

4 L'intérieur d'un foyer à Eastwood, village minier du Nottinghamshire. D. H. Lawrence y est né en 1885 d'un père mineur et d'une mère qui, déçue par son mariage, reporta toute son affection sur le dernier de ses enfants.

« " Où vais-je aller ? " se demanda-t-elle quand elle fut dehors dans la neige. Cependant elle n'hésita pas, et automatiquement ses pas l'amenèrent à descendre la côte qui conduisait au vieux village d'Aldecross. »

5

6

« … les bouquets de neige accrochés aux branchages du pommier qui se penchait vers la clôture lui dirent qu'il lui fallait aller voir Mrs Durant. [...] Alfred était revenu chez lui et vivait avec sa mère dans la petite maison en contrebas de la route. »

8

7

*Lawrence savait que l'intrigue de
son roman était particulièrement
banale : « Le plan habituel consiste
à prendre deux couples et à faire évoluer leurs aventures amoureuses... »
Presque toutes les œuvres des grandes
romancières anglaises que sont*
George Eliot et Jane Austen suivent ce schéma. Dans
Les filles du pasteur, *il s'agit également d'une famille de
la « gentry » et le mariage des filles semble être l'unique
sujet. Mais nous sommes dans l'Angleterre industrielle et,
contrairement aux romans de Jane Austen, il n'y a pas
d'aristocratie.*

9

7 *Portrait de Jane Austen* par Andrews of Maidenhead. Collection particulière.

8 *Portrait de George Eliot* par Sir Frederick William Burton, National Gallery, Londres.

9 Paysage minier du Derbyshire, mars 1912.

10

« Il n'était pas malheureux à la mine. Les mineurs
l'admiraient et l'aimaient bien. Il n'y avait que lui
qui sentait qu'il n'était pas comme les autres. »

11

« *Alors, maladroitement, il la prit dans ses bras et l'attira à lui, cruellement, aveuglément, la serrant jusqu'à lui faire presque perdre connaissance, jusqu'à ce que lui-même crût défaillir.* »

10 *À la mine*, peinture de Dennis William Dring (1904-1990). Collection particulière.
11 *Le baiser*, lithographie d'après un pastel de Theophile-Alexandre Steinlen, 1895.

12

13

Même si pendant une période Lawrence fréquenta les cercles littéraires londoniens comptant parmi ses amis les plus proches Aldous Huxley, Katherine Mansfield et son mari John Middleton Murry, il dut quitter l'Angleterre à plusieurs reprises pour s'installer à l'étranger avec sa femme Frieda. Leurs changements de résidence furent innombrables, mais la plupart de ses lettres se terminaient par la phrase « cet endroit ne va pas ».

14

15

12 Frieda Lawrence, la seconde femme de l'écrivain.

13 D. H. Lawrence, photo de Bassano.

14, 15 L'écrivain Katherine Mansfield et son mari, John Middleton Murry, que Lawrence connut et fréquenta en 1913.

16

« *Elle dévorait l'enfant des yeux, et le haïssait presque et souffrait pour lui toutes les angoisses de l'amour. Elle le haïssait parce qu'il la faisait vivre à nouveau charnellement, alors qu'elle ne pouvait pas vivre par la chair, qu'elle en était absolument incapable* »

17

« *Ne pouvez-vous pas l'emmener ailleurs et vivre à l'abri des regards ? dit la mère. Pour vous deux cela vaudrait mieux.*

– Si. Nous pouvons partir, dit-il. »

16 *The Rosy Idol of her Solitude*, peinture de Walter Langley (1852-1922). Collection particulière.

17 *The Last of England*, peinture de Ford Madox Brown, (1852-1855). Birmingham City Museum and Art Gallery.

₁₈ La mère de l'écrivain peu avant sa mort en 1910.

« *Mais pourtant il lui demeurait fidèle. Ses senti-*
ments pour elle étaient profonds et inexprimés. [...]
Et il lui faisait parfois de petits cadeaux. Elle n'avait
pas la sagesse de voir à quel point il vivait pour elle. »

Dans Les filles du pasteur, *comme dans d'autres*
romans de Lawrence, l'affection qui lie le personnage
d'Alfred Durant à sa mère est d'inspiration large-
ment autobiographique.

19 À l'époque de ce portrait (1923), D. H.
Lawrence et sa femme Frieda se rendirent au
Nouveau-Mexique, poussés par le désir de contacts
avec la réalité autochtone des Indiens. Portrait de
D. H. Lawrence, gravure sur bois de Iver Rose.
Collection particulière.

« ...ils ont entièrement tort. Ils ont pulverisé leur âme pour obtenir en échange ce qui n'a aucune valeur, et il n'y a pas un atome d'amour en eux. Et moi, je veux l'amour. Ils veulent qu'on s'en passe. Ils ne l'ont jamais connu, alors ils veulent affirmer qu'il n'existe pas. Mais moi, je veux l'amour, je veux aimer, c'est mon droit. Je veux aimer l'homme que j'épouserai. Le reste m'est égal. »

20 Etude pour *Les Fiancés*, peinture de Thomas Cooper Gotch (1854-1931). Collection particulière.

« Éloigne-toi de la porte », Jack, dit-il molle-
ment. Jack redoubla ses efforts pour tirer la poi-
gnée, comme s'il n'avait rien entendu. Mr Massy
essaya de durcir son regard[1].

« Il faut qu'il laisse la porte, Mary, dit-il. S'il
l'ouvre, cela fera un courant d'air.

— Jack, laisse la porte, mon chéri », dit la
mère, retournant adroitement le bébé luisant
d'eau et le posant sur la serviette qui recouvrait
ses genoux, puis, jetant un regard autour d'elle :
« Va raconter à Tante Louisa comment est le
train. »

Louisa, n'osant plus ouvrir la porte, observait
la scène qui se déroulait devant l'âtre. Mr Massy
tenait les langes du bébé à bout de bras, comme
s'il jouait un rôle dans un cérémonial. Si tout le
monde n'avait pas été occupé à refréner sa mauvaise humeur, cela aurait été comique.

« Je veux regarder par la fenêtre », dit Jack. Son
père se retourna précipitamment.

« Louisa, tu veux bien l'aider à grimper sur
une chaise ? » dit vivement Mary. Le père était
trop fragile pour un tel effort.

Quand l'enfant fut remmailloté, Mr Massy
monta dans sa chambre et revint avec quatre
oreillers, qu'il mit sur le garde-feu à chauffer.
Puis il resta en contemplation devant la mère qui
donnait le sein à l'enfant, perdu dans son orgueil
paternel.

---

1. Lawrence emploie à nouveau *to blink*, qui signifie cligner
des yeux. Le pasteur veut faire les gros yeux à son fils sans y
parvenir vraiment.

Louisa went on with her preparations for the meal. She could not have told why she was so sullenly angry. Mrs Lindley, as usual, lay silently watching.

Mary carried her child upstairs, followed by her husband with the pillows. After a while he came down again.

"What is Mary doing? Why doesn't she come down to eat?" asked Mrs Lindley.

"She is staying with baby. The room is rather cold. I will ask the girl to put in a fire." He was going absorbedly to the door.

"But Mary has had nothing to eat. It is *she* who will catch cold," said the mother, exasperated.

Mr Massy seemed as if he did not hear. Yet he looked at his mother-in-law, and answered.

"I will take her something."

He went out. Mrs Lindley shifted on her couch with anger. Miss Louisa glowered. But no one said anything, because of the money that came to the vicarage from Mr Massy.

Louisa went upstairs. Her sister was sitting by the bed, reading a scrap of paper.

"Won't you come down and eat?" the younger asked.

"In a moment or two," Mary replied in a quiet, reserved voice, that forbade anyone to approach her.

Louisa continua ses préparatifs pour le repas. Elle n'aurait pas pu dire pourquoi elle était en proie à une si furieuse mauvaise humeur[1]. Mrs Lindley, comme d'habitude, restait étendue, silencieuse, regardant autour d'elle.

Mary porta son enfant en haut, suivie par son mari en charge des oreillers. Un moment après il redescendit, seul.

«Que fait Mary? Pourquoi ne vient-elle pas à table? demanda Mrs Lindley.

— Elle reste près de bébé. La chambre est un peu froide, je vais demander à la bonne d'allumer du feu.» Il allait vers la porte, l'air absorbé.

«Mais Mary n'a rien mangé. C'est *elle* qui va prendre froid», dit la mère, exaspérée.

Mr Massy ne sembla rien entendre. Cependant il fixa sa belle-mère et répondit:

«Je vais lui apporter quelque chose.»

Il sortit. Mrs Lindley, furieuse, se retourna sur sa chaise longue. Miss Louisa était rouge d'indignation. Mais personne ne dit rien à cause de l'argent que Mr Massy faisait parvenir au presbytère.

Louisa monta à l'étage. Sa sœur était assise près du lit, lisant un bout de papier.

«Pourquoi ne descends-tu pas à la salle à manger? demanda-t-elle.

— Dans une minute ou deux», répondit Mary, d'une voix calme, contenue, qui rendait impossible tout contact.

---

1. **C'**est *sullenly* qui nous suggère «mauvaise humeur» et «furieuse» traduit *anger*.

It was this that made Miss Louisa most furious. She went downstairs, and announced to her mother:

"I am going out. I may not be home to tea."

VIII

No one remarked on her exit. She put on her fur hat, that the village people knew so well, and the old Norfolk jacket. Louisa was short and plump and plain. She had her mother's heavy jaw, her father's proud brow, and her own grey, brooding eyes that were very beautiful when she smiled. It was true, as the people said, that she looked sulky. Her chief attraction was her glistening, heavy, deep-blonde hair, which shone and gleamed with a richness that was not entirely foreign to her.

"Where am I going?" she said to herself, when she got outside in the snow. She did not hesitate, however, but by mechanical walking found herself descending the hill towards Old Aldecross. In the valley that was black with trees, the colliery breathed in stertorous pants, sending out high conical columns of steam that remained upright, whiter than the snow on the hills, yet shadowy, in the dead air.

C'est cela qui poussa la colère de Miss Louisa à son paroxysme. Elle descendit et annonça à sa mère :

« Je sors. Ne m'attendez pas pour le thé[1]. »

VIII

Personne ne commenta son départ. Elle mit sa toque de fourrure, que les gens du village connaissaient si bien, et la vieille veste de chasse. Louisa était petite, boulotte et sans beauté. Elle avait la forte mâchoire de sa mère, le front orgueilleux de son père, et des yeux gris, rêveurs, bien à elle, qui étaient magnifiques quand elle souriait. C'était vrai, ce qu'on disait, qu'elle avait l'air boudeur. Son plus grand charme était sa lourde chevelure, blond foncé, qui brillait et reluisait avec un éclat dont elle n'était pas sans avoir conscience.

« Où vais-je aller ? » se demanda-t-elle quand elle fut dehors dans la neige. Cependant elle n'hésita pas, et automatiquement ses pas l'amenèrent à descendre la côte qui conduisait au vieux village d'Aldecross. Dans la vallée noire d'arbres, la mine respirait avec les halètements d'un gros ronfleur, crachant de hautes colonnes coniques de vapeur qui restaient suspendues à la verticale, plus blanches que la neige des collines, mais imprécises, dans l'air mort.

_____

1. Mot à mot : « Je ne serai peut-être pas rentrée pour le thé. »

Louisa would not acknowledge to herself whither she was making her way, till she came to the railway crossing. Then the bunches of snow in the twigs of the apple tree that leaned towards the fence told her she must go and see Mrs Durant. The tree was in Mrs Durant's garden.

Alfred was now at home again, living with his mother in the cottage below the road. From the highway hedge, by the railway crossing, the snowy garden sheered down steeply, like the side of a hole, then dropped straight in a wall. In this depth the house was snug, its chimney just level with the road. Miss Louisa descended the stone stairs, and stood below in the little backyard, in the dimness and the semi-secrecy. A big tree leaned overhead, above the paraffin hut. Louisa felt secure from all the world down there. She knocked at the open door, then looked round. The tongue of garden narrowing in from the quarry bed was white with snow : she thought of the thick fringes of snowdrops it would show beneath the currant bushes in a month's time.

1. Nous avons rajouté le mot « ancienne » pour rendre l'expression moins surprenante. Nous n'apprendrons en effet qu'au chapitre XII que la maison s'appelle *Quarry Cottage*, « le

Louisa refusa de s'avouer à elle-même où elle se rendait, jusqu'à ce qu'elle arrive au passage à niveau. Alors, les bouquets de neige accrochés aux branchages du pommier qui se penchait vers la clôture lui dirent qu'il lui fallait aller voir Mrs Durant. Cet arbre était dans le jardin de Mrs Durant.

Alfred était revenu chez lui et vivait avec sa mère dans la petite maison en contrebas de la route. De la haie qui bordait la grand-route, près du passage à niveau, le jardin enneigé descendait en une pente raide comme le bord d'un trou, puis se terminait avec la descente verticale d'un mur. Dans ce creux, la maison était blottie confortablement, sa cheminée juste à la hauteur de la route. Miss Louisa descendit les marches de pierre et s'arrêta en bas dans la petite cour, dans l'obscurité et la semi-réclusion. Un grand arbre s'inclinait au-dessus d'elle, dominant la cahute du pétrole. Louisa se sentit là à l'abri du monde entier. Elle frappa à la porte ouverte, puis regarda tout autour. La bande de jardin, qui se rétrécissait à partir du fond de l'ancienne carrière[1], était blanche de neige : Louisa pensa aux épaisses guirlandes de perce-neige qu'elle laisserait apparaître dans un mois sous les groseilliers.

cottage de la carrière ». Les remaniements subis par le texte entre 1911 et 1914 expliquent peut-être cette maladresse structurelle.

The ragged fringe of pinks hanging over the garden brim behind her was whitened now with snowflakes, that in summer held white blossom to Louisa's face. It was pleasant, she thought, to gather flowers that stooped to one's face from above.

She knocked again. Peeping in, she saw the scarlet glow of the kitchen, red firelight falling on the brick floor and on the bright chintz cushions. It was alive and bright as a peepshow. She crossed the scullery, where still an almanac hung. There was no one about. "Mrs Durant," called Louisa softly, "Mrs Durant."

She went up the brick step into the front room, that still had its little shop counter and its bundles of goods, and she called from the stair-foot. Then she knew Mrs Durant was out.

She went into the yard, to follow the old woman's footsteps up the garden path.

She emerged from the bushes and raspberry canes. There was the whole quarry bed, a wide garden white and dimmed, brindled with dark bushes, lying half submerged. On the left, overhead, the little colliery train rumbled by. Right away at the back was a mass of trees.

La bordure irrégulière d'œillets qui dépassait le mur du jardin derrière elle était maintenant blanche de flocons de neige, elle qui en été pressait des fleurs blanches contre le visage de Louisa. Il était charmant, pensait-elle, de cueillir des fleurs qui vous tombaient d'en haut sur le visage.

Elle frappa de nouveau. Jetant un coup d'œil dans la maison, elle vit la lueur pourpre de la cuisine, la lumière rouge du feu qui tombait sur le sol de brique et sur les coussins de chintz aux couleurs vives. C'était vivant et coloré comme une projection de lanterne magique. Elle traversa l'office, où un almanach pendait encore au mur. Il n'y avait personne. « Mrs Durant, appela-t-elle doucement, Mrs Durant ! »

Elle monta les marches de brique et entra dans la pièce de devant qui avait gardé son petit comptoir de boutique et ses ballots de marchandises et elle appela du bas de l'escalier. Alors elle comprit que Mrs Durant était sortie.

Elle pénétra dans la cour et suivit les traces de la vieille femme le long du sentier conduisant au jardin.

Elle déboucha d'entre les arbustes et les tuteurs des framboisiers. Elle avait sous les yeux tout le fond de la carrière, un large jardin, blanc et terne, tacheté de buissons noirs, à moitié submergé. À gauche, en surplomb, le petit train de la mine passait dans un bruit de ferraille. Au loin, derrière, se trouvait un épais bouquet d'arbres.

Louisa followed the open path, looking from right to left, and then she gave a cry of concern. The old woman was sitting rocking slightly among the ragged, snowy cabbages. Louisa ran to her, found her whimpering with little, involuntary cries.

"Whatever have you done?" cried Louisa, kneeling in the snow.

"I've — I've — I was pulling a brussel-sprout stalk — and — oh-h! — something tore inside me. I've had a pain," the old woman wept from shock and suffering, gasping between her whimpers — "I've had a pain there — a long time — and now — oh — oh!" She panted, pressed her hand on her side, leaned as if she would faint, looking yellow against the snow. Louisa supported her.

"Do you think you could walk now?" she asked.

"Yes," gasped the old woman.

Louisa helped her to her feet.

"Get the cabbage — I want it for Alfred's dinner," panted Mrs Durant. Louisa picked up the stalk of brussel-sprouts, and with difficulty got the old woman indoors. She gave her brandy, laid her on the couch, saying:

"I'm going to send for a doctor — wait just a minute."

Louisa suivit le chemin dégagé, regardant à droite et à gauche, et puis elle poussa un cri inquiet. La vieille femme était au milieu des choux loqueteux et enneigés, assise et se balançant doucement. Louisa courut jusqu'à elle et la trouva qui geignait avec de petits cris involontaires.

« Mais qu'est-ce que vous avez donc fait ? cria Louisa, agenouillée dans la neige.

— Je... J'arrachais un pied de choux de Bruxelles, et oh ! là, là ! je me suis tordu quelque chose dans le ventre. J'avais déjà une douleur là... » La vieille femme pleurait d'émotion et de souffrance, haletant entre ses geignements. « ... J'avais déjà une douleur là... depuis longtemps... et maintenant, oh ! là, là ! » Elle respirait péniblement, la main sur son flanc, penchée comme si elle allait s'évanouir, toute jaune sur la neige. Louisa la soutenait.

« Croyez-vous pouvoir marcher maintenant ? demanda-t-elle ?

— Oui », haleta la vieille femme.

Louisa l'aida à se relever.

« Prenez le chou. J'en aurai besoin pour le dîner d'Alfred », dit Mrs Durant d'une voix entrecoupée. Louisa ramassa le pied de choux de Bruxelles, et à grand-peine ramena la vieille femme chez elle. Elle lui donna de l'eau-de-vie, la fit s'étendre sur le canapé, et lui dit :

« Je vais faire appeler un médecin. Attendez une minute. »

The young woman ran up the steps to the public-house a few yards away. The landlady was astonished to see Miss Louisa.

"Will you send for a doctor at once to Mrs Durant," she said, with some of her father in her commanding tone.

"Is something the matter?" fluttered the landlady in concern.

Louisa, glancing out up the road, saw the grocer's cart driving to Eastwood. She ran and stopped the man, and told him.

Mrs Durant lay on the sofa, her face turned away, when the young woman came back.

"Let me put you to bed," Louisa said. Mrs Durant did not resist.

Louisa knew the ways of the working people. In the bottom drawer of the dresser she found dusters and flannels. With the old pit-flannel she snatched out the oven shelves, wrapped them up, and put them in the bed. From the son's bed she took a blanket, and, running down, set it before the fire. Having undressed the little old woman, Louisa carried her upstairs.

"You'll drop me, you'll drop me!" cried Mrs Durant.

Louisa did not answer, but bore her burden quickly. She could not light a fire, because there was no fire-place in the bedroom.

La jeune femme grimpa les marches et courut jusqu'au pub qui se trouvait à quelques mètres. La cabaretière fut stupéfaite de voir Miss Louisa.

«Voulez-vous envoyer chercher un médecin tout de suite pour Mrs Durant, dit-elle, d'une voix autoritaire qui rappelait le ton de son père.

— Il est arrivé quelque chose?» demanda la cabaretière, que l'inquiétude mettait dans tous ses états.

Louisa, jetant un coup d'œil le long de la route, aperçut la voiture de l'épicier qui allait à Eastwood. Elle y courut, arrêta l'homme et lui donna la commission.

Mrs Durant était étendue sur le sofa, la figure tournée contre le mur, quand la jeune femme revint.

«Je vais vous mettre au lit», dit Louisa. Mrs Durant ne protesta pas.

Louisa connaissait les habitudes des gens du peuple. Dans le tiroir du fond du buffet elle trouva des torchons et des serviettes. Avec les vieilles serviettes qui servaient pour la mine, elle décrocha les plaques du four, les enveloppa et les mit dans le lit. Elle prit une couverture sur le lit du fils, et, redescendant en courant, elle la mit à chauffer devant le feu. Après avoir déshabillé la petite vieille, Louisa la porta à sa chambre.

«Vous allez me laisser tomber! Vous allez me laisser tomber!» criait Mrs Durant.

Louisa ne répondit pas mais porta vivement son fardeau. Elle ne put pas faire de feu car il n'y avait pas de cheminée dans la chambre.

And the floor was plaster. So she fetched the lamp, and stood it lighted in one corner.

"It will air the room," she said.

"Yes," moaned the old woman.

Louisa ran with more hot flannels, replacing those from the oven shelves. Then she made a bran-bag, and laid it on the woman's side. There was a big lump on the side of the abdomen.

"I've felt it coming a long time," moaned the old lady, when the pain was easier, "but I've not said anything : I didn't want to upset our Alfred."

Louisa did not see why "our Alfred" should be spared.

"What time it is?" came the plaintive voice.

"A quarter to four."

"Oh!" wailed the old lady, "he'll be here in half an hour, and no dinner ready for him."

"Let me do it?" said Louisa, gently.

"There's that cabbage — and you'll find the meat in the pantry — and there's an apple pie you can hot up. But *don't you* do it —!"

"Who will, then?" asked Louisa.

Le sol était fait de carreaux de plâtre. Elle alla chercher la lampe et la posa allumée dans un coin.

« Comme cela, l'air sera moins humide[1], dit-elle.

— Oui », grogna la vieille femme.

Louisa accourut avec d'autres serviettes chaudes, pour remplacer celles des plaques du four. Puis elle fit un cataplasme de son et l'appliqua sur le flanc de la malade. Il y avait une importante grosseur sur le côté du ventre.

« Il y a longtemps que je sentais venir ça, gémit la vieille dame quand la douleur se fut un peu calmée, mais je n'ai rien dit ; je ne voulais pas inquiéter mon Alfred. »

Louisa ne voyait pas pourquoi « son Alfred » devrait être ménagé.

« Quelle heure est-il ? demanda la voix plaintive.

— Quatre heures moins le quart.

— Oh ! gémit la vieille dame, il sera là dans une demi-heure et son dîner n'est pas prêt.

— Eh bien, je vais le faire, dit Louisa avec douceur.

— Il y a ce chou, et vous trouverez la viande dans le garde-manger — et une tourte aux pommes que vous pouvez réchauffer. Mais vous n'allez pas faire ça…

— Qui le fera, alors ? demanda Louisa.

---

1. *To air* signifie « terminer le séchage ». Les maisons anglaises possèdent un *airing cupboard*, placard situé près d'une source de chaleur, où le linge est mis un certain temps après avoir séjourné sur la corde à linge.

"I don't know," moaned the sick woman, unable to consider.

Louisa did it. The doctor came and gave serious examination. He looked very grave.

"What is it, doctor?" asked the old lady, looking up at him with old, pathetic eyes in which already hope was dead.

"I think you've torn the skin in which a tumour hangs," he replied.

"Ay!" she murmured, and she turned away.

"You see, she may die any minute — and it *may* be swaled away," said the old doctor to Louisa.

The young woman went upstairs again.

"He says the lump may be swaled away, and you may get quite well again," she said.

"Ay!" murmured the old lady. It did not deceive her. Presently she asked:

"Is there a good fire?"

"I think so," answered Louisa.

"He'll want a good fire," the mother said. Louisa attended to it.

Since the death of Durant, the widow had come to church occasionally, and Louisa had been friendly to her. In the girl's heart the purpose was fixed. No man had affected her as Alfred Durant had done, and to that she kept. In her heart, she adhered to him. A natural sympathy existed between her and his rather hard, materialistic mother.

Alfred was the most lovable of the old woman's sons.

— Je ne sais pas », gémit la malade, incapable de réfléchir.

Louisa le fit. Le médecin arriva et examina sérieusement la patiente. Il parut inquiet.

« Qu'est-ce que c'est, docteur ? » demanda la vieille dame, levant vers lui des yeux sans âge et pathétiques où l'espoir était déjà mort.

« Je crois que vous avez déchiré la membrane qui contenait une tumeur, répondit-il.

— Ah ! murmura-t-elle ; et elle se détourna.

— Vous savez, elle peut mourir d'une minute à l'autre — et cela peut aussi se résorber », dit à Louisa le vieux praticien.

La jeune femme remonta l'escalier.

« Il dit que la grosseur peut se résorber et qu'il est possible que vous vous remettiez complètement, dit-elle.

— Ah ! » murmura la vieille dame. Cela ne l'abusait pas. Elle demanda peu après :

« Le feu marche bien ?

— Je crois, répondit Louisa.

— Il aura besoin d'un bon feu », dit la mère.
Louisa alla s'en occuper.

Depuis la mort de Durant, la veuve était venue de temps en temps à l'église, et Louisa avait été aimable avec elle. Dans le cœur de la jeune fille, la décision était prise. Aucun homme n'avait eu d'effet sur elle comme Alfred Durant et elle s'en tenait là. Dans son cœur, elle était liée à lui. Une sympathie naturelle existait entre elle et cette mère, plutôt dure et matérialiste.

Alfred était le plus attachant des fils de la vieille femme.

He had grown up like the rest, however, head-strong and blind to everything but his own will. Like the other boys, he had insisted on going into the pit as soon as he left school, because that was the only way speedily to become a man, level with all the other men. This was a great chagrin to his mother, who would have liked to have this last of her sons a gentleman.

But still he remained constant to her. His feeling for her was deep and unexpressed. He noticed when she was tired, or when she had a new cap. And he bought little things for her occasionally. She was not wise enough to see how much he lived by her.

At the bottom he did not satisfy her, he did not seem manly enough. He liked to read books occasionally, and better still he liked to play the piccolo. It amused her to see his head nod over the instrument as he made an effort to get the right note. It made her fond of him, with tenderness, almost pity, but not with respect. She wanted a man to be fixed, going his own way without knowledge of women. Whereas she knew Alfred depended on her. He sang in the choir because he liked singing. In the summer he worked in the garden, attended to the fowls and pigs. He kept pigeons. He played on Saturday in the cricket or football team.

Son adolescence avait pourtant été semblable à celle des autres, forte tête et sourd à tout ce qui n'était pas sa propre volonté. Comme les autres fils, il avait tenu à descendre à la mine aussitôt l'école finie, parce que c'était le seul moyen de devenir rapidement un homme, l'égal des autres hommes. Ce fut une grande contrariété pour sa mère, qui aurait voulu faire du dernier de ses fils un gentleman.

Mais pourtant il lui demeurait fidèle. Ses sentiments pour elle étaient profonds et inexprimés. Quand elle était fatiguée, ou qu'elle arborait une nouvelle coiffe, il s'en apercevait. Et il lui faisait parfois de petits cadeaux. Elle n'avait pas la sagesse de voir à quel point il vivait pour elle[1].

Au fond, elle n'en était pas absolument satisfaite, il ne lui semblait pas assez viril. Il aimait à lire, de temps en temps, et il aimait encore mieux jouer du piccolo. Cela amusait sa mère de le voir hocher la tête sur son instrument en faisant des efforts pour trouver la note juste. Pour cela, elle l'aimait, avec tendresse, avec quasiment de la pitié, mais sans considération. Elle pensait qu'un homme doit être ferme, doit aller son chemin sans se soucier des femmes, et elle savait qu'Alfred était sous sa dépendance. Il chantait à l'église, parce qu'il aimait le chant. L'été, il travaillait au jardin, s'occupait des volailles et des porcs. Il élevait des pigeons. Le samedi, il jouait dans l'équipe de football ou celle de cricket.

---

1. Ce paragraphe et les suivants sont largement autobiographiques. Voir la préface, p. 15.

But to her he did not seem the man, the independent man her other boys had been. He was her baby — and whilst she loved him for it, she was a little bit contemptuous of him.

There grew up a little hostility between them. Then he began to drink, as the others had done; but not in their blind, oblivious way. He was a little self-conscious over it. She saw this, and she pitied it in him. She loved him most, but she was not satisfied with him because he was not free of her. He could not quite go his own way.

Then at twenty he ran away and served his time in the Navy. This had made a man of him. He had hated it bitterly, the service, the subordination. For years he fought with himself under the military discipline, for his own self-respect, struggling through blind anger and shame and a cramping sense of inferiority. Out of humiliation and self-hatred he rose into a sort of inner freedom. And his love for his mother, whom he idealized, remained the fact of hope and of belief.

He came home again, nearly thirty years old, but naïve and inexperienced as a boy, only with a silence about him that was new : a sort of dumb humility before life, a fear of living. He was almost quite chaste. A strong sensitiveness had kept him from women.

Mais pour elle, ce n'était pas un homme, un homme indépendant, comme ses autres fils l'avaient été. C'était son petit dernier, et, même si elle l'aimait pour cela, elle éprouvait pour lui une ombre de dédain.

Un peu d'hostilité se développa entre eux. Puis il se mit à boire, comme les autres l'avaient fait, mais pas à leur façon aveugle et inconsciente. Il était quelque peu sensible sur ce sujet. Elle le vit et en éprouva de la pitié pour lui. C'était lui qu'elle aimait le plus, mais elle n'en était pas satisfaite parce qu'il ne s'était pas libéré d'elle. Il n'était pas entièrement capable de suivre sa propre route.

Puis, à vingt ans, il s'était enfui pour s'engager et servir dans la marine. Cela avait fait de lui un homme. Il avait amèrement détesté tout cela, le service, l'obéissance. Pendant des années, il lutta contre lui-même, sous la discipline militaire, pour conserver son amour-propre, se débattant avec sa colère noire, sa honte et un sentiment d'infério-rité accablant. Après l'humiliation et la haine de soi, il s'éleva jusqu'à une sorte de liberté inté-rieure. Et son amour pour sa mère, qu'il idéalisait, demeura la base de sa foi et de son espérance.

Il rentra au pays, près de la trentaine, mais naïf et inexpérimenté comme un enfant, habité cependant par un silence qui était une chose nouvelle : une sorte d'humilité muette devant l'existence, une peur de vivre. Il était presque absolument chaste. Une sensibilité trop dévelop-pée l'avait éloigné des femmes.

Sexual talk was all very well among men, but somehow it had no application to living women. There were two things for him, the *idea* of women, with which he sometimes debauched himself, and real women, before whom he felt a deep uneasiness, and a need to draw away. He shrank and defended himself from the approach of any woman. And then he felt ashamed. In his innermost soul he felt he was not a man, he was less than the normal man. In Genoa he went with an under-officer to a drinking house where the cheaper sort of girl came in to look for lovers. He sat there with his glass, the girls looked at him, but they never came to him. He knew that if they did come he could only pay for food and drink for them, because he felt a pity for them and was anxious lest they lacked good necessities. He could not have gone with one of them; he knew it, and was ashamed, looking with curious envy at the swaggering, easy-passionate Italian whose body went to a woman by instinctive impersonal attraction. They were men, he was not a man. He sat feeling short, feeling like a leper.

---

1. *He was feeling short*: « il avait un sentiment d'insuffisance ». Les expressions : *We are ten pounds short; the order is short* : « il nous manque dix livres ; la commande est incom-

Les histoires crues lui semblaient admissibles entre hommes, mais elles n'avaient aucun rapport avec les femmes réelles. C'était pour lui deux choses distinctes : la simple idée de la femme, dont il s'amusait à l'occasion, et les femmes véritables, devant lesquelles il éprouvait un trouble profond et le besoin de s'enfuir. Il avait un mouvement de recul et de défense à l'approche de toute femme. Puis, il avait honte. Dans le tréfonds de son âme, il ne se considérait pas comme un homme ; il était inférieur à l'homme normal. À Gênes, il était allé avec un sous-officier dans un café où les filles de la plus vulgaire espèce venaient se chercher des amants. Il resta devant son verre, les filles le regardaient, mais aucune ne vint à lui. Il savait que si l'une d'elles était venue, il n'aurait pas pu faire davantage que de lui offrir quelque chose à manger et à boire, par pitié pour ces filles, et par souci de ne pas les voir manquer d'un peu plus que du nécessaire. Il n'aurait pu aller avec l'une d'elles, il le savait, il en avait honte, et il regardait avec une curieuse envie ces Italiens fanfarons, facilement exaltés, dont le corps allait vers une femme par l'effet indéterminé d'une attirance impersonnelle. Eux étaient des hommes ; lui, n'était pas un homme. Assis là, il avait un sentiment d'insuffisance[1], l'impression d'être un pestiféré.

plète » nous permettent de comprendre ce que Lawrence veut dire ici. Il reprend l'idée à la page suivante dans le mot *incompleteness*.

And he went away imagining sexual scenes between himself and a woman, walking wrapt in this indulgence. But when the ready woman presented herself, the very fact that she was a palpable woman made it impossible for him to touch her. And this incapacity was like a core of rottenness in him.

So several times he went, drunk, with his companions, to the licensed prostitute houses abroad. But the sordid insignificance of the experience appalled him. It had not been anything really : it meant nothing. He felt as if he were not physically, but spiritually impotent : not actually impotent, but intrinsically so.

He came home with this secret, never changing burden of his unknown, unbestowed self torturing him. His Navy training left him in perfect physical condition. He was sensible of, and proud of his body. He bathed and used dumb-bells, and kept himself fit. He played cricket and football. He read books and began to hold fixed ideas which he got from the Fabians. He played his piccolo, and was considered an expert. But at the bottom of his soul was always this canker of shame and incompleteness : he was miserable beneath all his healthy cheerfulness, he was uneasy and felt despicable among all his confidence and superiority of ideas.

Il s'en alla en imaginant des scènes charnelles entre lui et une femme et il marchait tout absorbé par ce fantasme. Mais quand une femme accessible se présentait à lui, le fait même que ce soit une femme tangible le rendait incapable de la toucher. Et cette incapacité était en lui comme un noyau de pourriture.

Ainsi, plusieurs fois, en état d'ivresse, il était allé avec ses camarades dans les maisons de tolérance que l'on trouve à l'étranger. Mais l'insignifiance sordide de ces expériences l'avait écœuré. Cela n'avait rien été, vraiment, cela n'avait pas de sens. Il avait le sentiment d'être impuissant, non de corps mais d'esprit : pas impuissant de fait, mais de nature.

Il rentra au pays avec le fardeau secret et immuable de ce moi inconnu et fuyant qui le torturait. Son entraînement de marin l'avait laissé en parfaite condition physique. Il était conscient et fier de son corps. Il nageait, il faisait des haltères et il se conservait en bonne forme. Il jouait au cricket et au football. Il lisait et commençait à avoir des idées arrêtées qu'il tenait du groupe socialiste des «Fabians». Il jouait du piccolo et passait pour un virtuose. Mais au tréfonds de son âme, il était toujours démangé par la honte et l'insuffisance : une grande tristesse se cachait sous toute cette gaieté bien portante ; il était mal à l'aise et se jugeait méprisable au milieu de toute son assurance et de toute sa supériorité intellectuelle.

He would have changed with any mere brute, just to be free of himself, to be free of this shame of self-consciousness. He saw some collier lurching straight forward without misgiving, pursuing his own satisfaction, and he envied him. Anything, he would have given anything for this spontaneity and this blind stupidity which went to its own satisfaction direct.

IX

He was not unhappy in the pit. He was admired by the men, and well enough liked. It was only he himself who felt the difference between himself and the others. He seemed to hide his own stigma. But he was never sure that the others did not really despise him for a ninny, as being less a man than they were. Only he pretended to be more manly, and was surprised by the ease with which they were deceived. And, being naturally cheerful, he was happy at work. He was sure of himself there. Naked to the waist, hot and grimy with labour, they squatted on their heels for a few minutes and talked, seeing each other dimly by the light of the safety lamps, while the black coal rose jutting round them, and the props of wood stood like little pillars in the low, black, very dark temple.

Il aurait volontiers changé avec n'importe quelle simple brute, rien que pour être libéré de lui-même, pour être libéré de cette honteuse timidité. Il vit un mineur se précipiter tout droit à la recherche de son plaisir, sans douter de rien, et il l'envia. Il aurait tout donné, tout, en échange de cette spontanéité et de cette stupidité aveugle allant droit à sa propre satisfaction.

IX

Il n'était pas malheureux à la mine. Les mineurs l'admiraient et l'aimaient bien. Il n'y avait que lui qui sentait qu'il n'était pas comme les autres. Il semblait cacher sa propre tare. Mais il n'était jamais sûr que les autres ne le considéraient pas en fait comme un nigaud, comme inférieur à eux en virilité. Sauf qu'il faisait semblant d'être plus viril, et il était étonné de la facilité avec laquelle ils se laissaient prendre à ce mensonge. Et, comme il était naturellement gai, il était heureux au travail. Là, il avait confiance en lui. Nus jusqu'à la taille, suants et crasseux après leurs efforts, ils s'accroupissaient quelques instants sur leurs talons pour causer, s'apercevant indistinctement à la lumière des lampes de sûreté, tandis que la houille noire s'élevait en surplomb autour d'eux, et que les étais de bois semblaient les petits piliers d'un temple bas, noir et très obscur.

Then the pony came and the gang-lad with a message from Number 7, or with a bottle of water from the horse-trough or some news of the world above. The day passed pleasantly enough. There was an ease, a go-as-you-please about the day underground, a delightful camaraderie of men shut off alone from the rest of the world, in a dangerous place, and a variety of labour, holing, loading, timbering, and a glamour of mystery and adventure in the atmosphere, that made the pit not unattractive to him when he had again got over his anguish of desire for the open air and the sea.

This day there was much to do and Durant was not in humour to talk. He went on working in silence through the afternoon.

"Loose-all" came, and they tramped to the bottom. The whitewashed underground office shone brightly. Men were putting out their lamps. They sat in dozens round the bottom of the shaft, down which black, heavy drops of water fell continuously into the sump. The electric lights shone away down the main underground road.

"Is it raining?" asked Durant.

"Snowing," said an old man, and the younger was pleased. He liked to go up when it was snowing.

"It'll just come right for Christmas?" said the old man.

"Ay," replied Durant.

Puis arrivaient le poney et le galibot de l'équipe, portant un ordre du numéro 7, ou une bouteille d'eau remplie à l'abreuvoir des chevaux, ou quelques nouvelles du monde d'en haut. La journée passait fort agréablement. Il y avait une facilité, une liberté mutuelle, dans ces heures souterraines, une délicieuse camaraderie d'hommes isolés du reste du monde, dans un endroit dangereux, une grande variété de travail, tantôt creusant, tantôt chargeant, tantôt étayant, et dans l'atmosphère, la séduction du mystère et de l'aventure, qui lui rendaient la mine plutôt attrayante, après qu'il eut à nouveau surmonté son anxieux besoin d'air libre et de mer.

Ce jour-là il y avait beaucoup à faire et Durant n'était pas en humeur de causer. Il poursuivit son travail en silence tout au long de l'après-midi.

Le signal du départ retentit et ils se dirigèrent à pas lourds vers les accès. Le bureau souterrain, peint à la chaux, étincelait de blancheur. Les hommes éteignaient leurs lampes. Ils s'étaient assis par douzaines autour du fond du puits, où de pesantes gouttes d'eau noire tombaient sans arrêt dans le puisard. Les ampoules électriques brillaient tout le long de la galerie principale.

« Est-ce qu'il pleut ? demanda Durant.

— Il neige », dit un vieux mineur, et le jeune fut content. Il aimait remonter par temps de neige.

« Ça arrive juste pour Noël, dit le vieil homme.

— Oui, répondit Durant.

"A green Christmas, a fat churchyard," said the other sententiously.

Durant laughed, showing his small, rather pointed teeth.

The cage came down, a dozen men lined on. Durant noticed tufts of snow on the perforated, arched roof of the chain, and he was pleased. He wondered how it liked its excursion underground. But already it was getting soppy with black water.

He liked things about him. There was a little smile on his face. But underlying it was the curious consciousness he felt in himself.

The upper world came almost with a flash, because of the glimmer of snow. Hurrying along the bank, giving up his lamp at the office, he smiled to feel the open about him again, all glimmering round him with snow. The hills on either hand were pale blue in the dusk, and the hedges looked savage and dark. The snow was trampled between the railway lines. But far ahead, beyond the black figures of miners moving home, it became smooth again, spreading right up to the dark wall of the coppice.

To the west there was a pinkness, and a big star hovered half revealed.

— Noël au balcon, Pâques aux tisons[1]», dit l'autre sentencieusement.

Durant rit, montrant ses petites dents plutôt pointues.

La cage descendit. Une douzaine d'hommes s'alignèrent. Durant remarqua de petites pelotes de neige sur la voûte du garde-chaîne perforé et il fut content. Il se demanda si elle appréciait son excursion sous la terre. Mais déjà une eau noire la ramollissait.

Il aimait ce qui l'entourait. Il y avait un petit sourire sur ses lèvres. Mais sous-jacent à cela, il y avait cet étrange sentiment qu'il ressentait en lui.

Le monde d'en haut arriva presque en l'éblouissant, à cause du miroitement de la neige. En se hâtant le long du carreau, en rendant sa lampe au guichet, il souriait à la sensation de l'espace qui l'entourait à nouveau, tout miroitant de neige autour de lui. Les collines de chaque côté étaient bleu pâle dans le jour tombant et les haies avaient un air farouche et sombre. La neige était piétinée entre les voies ferrées. Mais, loin devant, au-delà des noires silhouettes des mineurs rentrant à la maison, elle redevenait lisse, s'étendant jusqu'au rideau sombre des taillis.

À l'ouest il y avait une roseur, et une grosse étoile flottait, à demi visible.

1. Le mot à mot du texte serait : « Noël vert et le cimetière sera plein. »

Below, the lights of the pit came out crisp and yellow among the darkness of the buildings, and the lights of Old Aldecross twinkled in rows down the bluish twilight.

Durant walked glad with life among the miners, who were all talking animatedly because of the snow. He liked their company, he liked the white dusky world. It gave him a little thrill to stop at the garden gate and see the light of home down below, shining on the silent blue snow.

X

By the big gate of the railway, in the fence, was a little gate, that he kept locked. As he unfastened it, he watched the kitchen light that shone on to the bushes and the snow outside. It was a candle burning till night set in, he thought to himself. He slid down the steep path to the level below. He liked making the first marks in the smooth snow. Then he came through the bushes to the house. The two women heard his heavy boots ring outside on the scraper, and his voice as he opened the door :

"How much worth of oil do you reckon to save by that candle, mother?" He liked a good light from the lamp.

Plus bas, les lumières de la mine apparaissaient, précises et dorées, au milieu de la noirceur des bâtiments, et les lumières du vieux village d'Aldecross clignotaient en rangées dans le crépuscule bleuté.

Durant marchait, heureux de vivre, au milieu des mineurs que la neige rendait bavards et agités. Leur compagnie lui plaisait, et ce blanc univers crépusculaire. Il ressentit un petit frisson de plaisir en s'arrêtant à la barrière du jardin et en apercevant en contrebas la lumière du foyer qui se reflétait sur la neige silencieuse et bleue.

X

À côté de la grande barrière de la voie ferrée, dans la clôture, il y en avait une petite, qu'il gardait cadenassée. Tout en l'ouvrant, il fixait les yeux sur la lumière de la cuisine, qui se reflétait au-dehors sur les buissons et sur la neige. Il se dit que c'était une bougie allumée en attendant la nuit complète. Il descendit en une glissade le sentier abrupt jusqu'au niveau inférieur. C'était amusant de faire les premières marques dans la neige lisse. Puis il traversa le taillis et atteignit la maison. Les deux femmes entendirent ses grosses chaussures retentir sur le gratte-pieds extérieur et sa voix quand il ouvrit la porte :

« Combien penses-tu économiser sur l'huile avec cette bougie, maman ? » Il aimait la bonne lumière de la lampe.

He had just put down his bottle and snap-bag and was hanging his coat behind the scullery door, when Miss Louisa came upon him. He was startled, but he smiled.

His eyes began to laugh — then his face went suddenly straight, and he was afraid.

"Your mother's had an accident," she said.

"How?" he exclaimed.

"In the garden," she answered. He hesitated with his coat in his hands. Then he hung it up and turned to the kitchen.

"Is she in bed?" he asked.

"Yes," said Miss Louisa, who found it hard to deceive him. He was silent. He went into the kitchen, sat down heavily in his father's old chair, and began to pull off his boots. His head was small, rather finely shapen. His brown hair, close and crisp, would look jolly whatever happened. He wore heavy, moleskin trousers that gave off the stale, exhausted scent of the pit. Having put on his slippers, he carried his boots into the scullery.

"What is it?" he asked, afraid.

"Something internal," she replied.

He went upstairs. His mother kept herself calm for his coming. Louisa felt his tread shake the plaster floor of the bedroom above.

"What have you done?" he asked.

"It's nothing, my lad," said the old woman, rather hard. "It's nothing.

Il venait de se débarrasser de sa gourde et de sa musette et il était en train de pendre sa veste derrière la porte de l'office, quand Miss Louisa vint le surprendre. Il sursauta, mais sourit.

Ses yeux se firent rieurs, puis son visage se durcit subitement et il eut peur.

« Votre mère a eu un accident, dit-elle.

— Comment ? s'exclama-t-il.

— Dans le jardin », répondit-elle. Il hésitait, sa veste à la main. Puis il la pendit et se tourna vers la cuisine.

« Est-elle couchée ? demanda-t-il.

— Oui », dit Miss Louisa, qui trouvait dur de le leurrer. Il se tut. Il entra dans la cuisine, s'assit pesamment dans le vieux fauteuil paternel et se mit à retirer ses chaussures. Il avait une petite tête, fort bien formée. Ses cheveux bruns, courts et raides, auraient toujours bonne allure, quoi qu'il advienne. Il portait un lourd pantalon de moleskine d'où s'exhalait l'odeur fade et passée de la mine. Ayant mis ses chaussons, il porta ses chaussures dans l'office.

« Qu'est-ce qu'elle a ? demanda-t-il, effrayé.

— Quelque chose d'interne », répondit-elle. Il monta. Sa mère avait conservé son calme en vue de son arrivée. Louisa entendit ses pas ébranler les carreaux de plâtre de la chambre au-dessus.

« Qu'est-ce que tu t'es fait ? demanda-t-il.

— Ce n'est rien, mon garçon, dit la vieille femme presque brutalement. Ce n'est rien.

You needn't fret, my boy, it's nothing more the matter with me than I had yesterday, or last week. The doctor said I'd done nothing serious."

"What were you doing?" asked her son.

"I was pulling up a cabbage, and I suppose I pulled too hard; for, oh — there was such a pain —"

Her son looked at her quickly. She hardened herself.

"But who doesn't have a sudden pain sometimes, my boy? We all do."

"And what's it done?"

"I don't know," she said, "but I don't suppose it's anything."

The big lamp in the corner was screened with a dark green screen, so that he could scarcely see her face. He was strung tight with apprehension and many emotions. Then his brow knitted.

"What did you go pulling your inside out at cabbages for," he asked, "and the ground frozen? You'd go on dragging and dragging, if you killed yourself."

"Somebody's got to get them," she said.

"You needn't do yourself harm."

But they had reached futility.

Miss Louisa could hear plainly downstairs. Her heart sank. It seemed so hopeless between them.

Tu n'as pas besoin de te tourmenter, mon garçon. Je ne suis pas plus malade qu'hier, ou la semaine dernière. Le docteur a dit que cela n'avait rien causé de grave.

— Qu'est-ce que tu faisais? lui demanda son fils.

— J'étais en train d'arracher un chou, et je suppose que j'ai tiré trop fort, car oh! ça m'a fait si mal... »

Son fils lui jeta un bref coup d'œil. Elle se durcit.

« Mais qui n'a pas eu mal tout d'un coup quelquefois, mon garçon? Ça arrive à tout le monde.

— Et qu'est-ce que ça t'a fait?

— Je ne sais pas, dit-elle, mais je pense que ce n'est rien. »

La grosse lampe dans le coin était recouverte d'un abat-jour vert foncé, de sorte qu'il pouvait à peine distinguer ses traits. Il était pincé au cœur par l'appréhension et de nombreuses émotions. Puis il fronça le sourcil.

« Quelle idée t'a prise d'aller t'arracher les entrailles pour des choux? demanda-t-il, et quand le sol est gelé. Tu ne sais pas t'empêcher de tirer et de tirer, jusqu'à en crever.

— Il faut bien que quelqu'un les ramasse, dit-elle.

— Il n'est pas nécessaire que tu te fasses du mal. »

Leurs paroles devenaient oiseuses.

Miss Louisa entendait tout cela d'en bas. Le cœur lui manqua. La situation paraissait sans espoir, entre eux.

"Are you sure it's nothing much, mother?" he asked, appealing after a little silence.

"Ay, it's nothing," said the old woman, rather bitter.

"I don't want you to — to — to be badly — you know."

"Go an' get your dinner," she said. She knew she was going to die : moreover, the pain was torture just then. "They're only cosseting me up a bit because I'm an old woman. Miss Louisa's *very* good — and she'll have got your dinner ready, so you'd better go and eat it."

He felt stupid and ashamed. His mother put him off. He had to turn away. The pain burned in his bowels. He went downstairs. The mother was glad he was gone, so that she could moan with pain.

He had resumed the old habit of eating before he washed himself. Miss Louisa served his dinner. It was strange and exciting to her. She was strung up tense, trying to understand him and his mother. She watched him as he sat. He was turned away from his food, looking in the fire. Her soul watched him, trying to see what he was. His black face and arms were uncouth, he was foreign. His face was masked black with coal-dust. She could not see him, she could not know him. The brown eyebrows, the steady eyes, the coarse, small moustache above the closed mouth — these were the only familiar indications. What was he, as he sat there in his pit-dirt? She could not see him, and it hurt her.

«Tu es sûre que ce n'est pas grand-chose, mère ? demanda-t-il, sur le ton de la prière, après un court silence.

— Mais non, ce n'est rien, dit la vieille femme d'un ton amer.

— Je ne veux pas que tu… que tu ailles mal, tu sais, dit-il.

— Va te mettre à table », dit-elle. Elle savait qu'elle allait mourir. De plus, la douleur la torturait, à ce moment même. « On ne me dorlote un peu que parce que je suis vieille. Miss Louisa est vraiment très gentille. Et elle a dû te préparer ton dîner. Tu ferais bien d'aller le manger. »

Il se sentait stupide et honteux. Sa mère le rejetait. Il lui fallait s'en aller. Le chagrin lui brûlait les entrailles. Il descendit. La mère fut contente de le voir parti ; elle pourrait gémir de douleur.

Il avait repris son ancienne habitude de manger avant de se laver. Miss Louisa le servit. C'était bizarre et excitant pour elle. Elle était toute tendue dans l'effort de les comprendre, lui et sa mère. Elle l'observait à table. Ses yeux étaient détournés de son assiette, et fixés sur le feu. Elle le surveillait de toute son âme, tâchait de le deviner. Son visage et ses bras noirs étaient grossiers ; il y avait un fossé entre eux. Son visage était masqué de noir par la poussière de charbon. Elle ne pouvait le voir ; elle ne pouvait le connaître. Les sourcils bruns, les yeux calmes, la dure petite moustache au-dessus de la bouche fermée, c'était tout ce qui le lui rappelait. Qu'était-il donc, cet homme installé là, dans sa crasse de charbon ? Il lui échappait, et elle en souffrait.

151

She ran upstairs, presently coming down with the flannels and the bran-bag, to heat them, because the pain was on again.

He was half-way through his dinner. He put down the fork, suddenly nauseated.

"They will soothe the wrench," she said. He watched, useless and left out.

"Is she bad?" he asked.

"I think she is," she answered.

It was useless for him to stir or comment. Louisa was busy. She went upstairs. The poor old woman was in a white, cold sweat of pain. Louisa's face was sullen with suffering as she went about to relieve her. Then she sat and waited. The pain passed gradually, the old woman sank into a state of coma. Louisa still sat silent by the bed. She heard the sound of water downstairs. Then came the voice of the old mother, faint but unrelaxing:

"Alfred's washing himself — he'll want his back washing —"

Louisa listened anxiously, wondering what the sick woman wanted.

"He can't bear if his back isn't washed —" the old woman persisted, in a cruel attention to his needs. Louisa rose and wiped the sweat from the yellowish brow.

"I will go down," she said soothingly.

"If you would," murmured the sick woman.

Louisa waited a moment. Mrs Durant closed her eyes, having discharged her duty. The young woman went downstairs.

Elle monta en courant, et revint aussitôt, avec les serviettes et le cataplasme, pour les faire chauffer, car la douleur était revenue.

Il était à la moitié de son dîner. Il posa sa fourchette, subitement écœuré.

«Cela va soulager la déchirure», dit-elle. Il regarda, inutile, abandonné.

«Est-elle vraiment très mal? demanda-t-il.

— Je crois que oui», répondit-elle.

Il était inutile qu'il s'affaire ou donne son avis. Louisa s'activait. Elle remonta. La douleur donnait à la pauvre vieille des sueurs froides et blanches. Le visage de Louisa était renfrogné par la souffrance tandis qu'elle allait et venait pour soulager sa malade. Puis elle s'assit et attendit. La douleur disparut peu à peu. La vieille femme sombra dans une espèce de coma. Louisa restait silencieuse à côté du lit. Elle entendit un bruit d'eau en bas. Alors la voix de la mère s'éleva, faible mais ferme :

«Alfred fait sa toilette; il faudra lui laver le dos…»

Louisa écoutait, anxieuse, se demandant ce que voulait la vieille femme.

«Il ne supporte pas de garder le dos sale», insista la vieille femme, avec le souci farouche de satisfaire les besoins de son fils. Louisa se leva et essuya la sueur sur le front jaunâtre.

«Je vais descendre, dit-elle d'un ton apaisant.

— Vous voulez bien?» murmura la malade.

Louisa attendit un instant. Mrs Durant ferma les yeux, s'étant acquittée de son devoir. La jeune femme descendit.

Herself, or the man, what did they matter? Only the suffering woman must be considered.

Alfred was kneeling on the hearthrug, stripped to the waist, washing himself in a large panchion of earthenware. He did so every evening, when he had eaten his dinner; his brothers had done so before him. But Miss Louisa was strange in the house.

He was mechanically rubbing the white lather on his head, with a repeated, unconscious movement, his hand every now and then passing over his neck. Louisa watched. She had to brace herself to this also. He bent his head into the water, washed it free of soap, and pressed the water out of his eyes.

"Your mother said you would want your back washing," she said.

Curious how it hurt her to take part in their fixed routine of life! Louisa felt the almost repulsive intimacy being forced upon her. It was all so common, so like herding. She lost her own distinctness.

He ducked his face round, looking up at her in what was a very comical way. She had to harden herself.

"How funny he looks with his face upside down," she thought. After all, there was a difference between her and the common people. The water in which his arms were plunged was quite black, the soap-froth was darkish. She could scarcely conceive him as human.

Elle, ou ce garçon, ça n'avait pas d'importance. Il ne fallait penser qu'à cette femme qui souffrait.

Alfred était agenouillé sur le tapis de la cheminée, le torse nu, et se lavait dans une vaste terrine plate. Il faisait de même tous les soirs, après avoir mangé, comme ses frères l'avaient fait avant lui. Mais Miss Louisa était une étrangère dans la maison.

Il frottait machinalement la mousse blanche sur sa tête; dans un mouvement répétitif, inconscient, sa main passait régulièrement sur son cou. Louisa regarda: il lui fallait trouver la force d'accepter cela aussi. Il courba la tête jusque dans l'eau, rinça tout le savon, et s'essuya les yeux.

«Votre mère dit qu'il faut vous laver le dos», dit-elle.

C'était étrange comme cela lui faisait mal de prendre part à la routine consacrée de leur existence! Louisa sentait que cette promiscuité presque odieuse lui était imposée. C'était si vulgaire, cela ressemblait tant à la vie en troupeau. Elle y perdait son identité.

Il se tourna vers elle, la tête baissée, levant les yeux en un geste très comique. Il lui fallut se forcer à garder son sérieux.

«Comme il a l'air drôle avec son visage à l'envers», pensa-t-elle. Tout de même, il y avait une différence entre elle et les gens du peuple. L'eau où ses bras plongeaient était tout à fait noire, la mousse de savon noirâtre. Elle avait de la peine à le considérer comme un être humain.

Mechanically, under the influence of habit, he groped in the black water, fished out soap and flannel, and handed them backwards to Louisa. Then he remained rigid and submissive, his two arms thrust straight in the panchion, supporting the weight of his shoulders. His skin was beautifully white and unblemished, of an opaque solid whiteness. Gradually Louisa saw it : this also was what he was. It fascinated her. Her feeling of separateness passed away : she ceased to draw back from contact with him and his mother. There was this living centre. Her heart ran hot. She had reached some goal in this beautiful, clear, male body. She loved him in a white, impersonal heat. But the sunburnt, reddish neck and ears : they were more personal, more curious. A tenderness rose in her, she loved even his queer ears. A person — an intimate being he was to her. She put down the towel and went upstairs again, troubled in her heart. She had only seen one human being in her life — and that was Mary. All the rest were strangers. Now her soul was going to open, she was going to see another. She felt strange and pregnant.

"He'll be more comfortable," murmured the sick woman abstractedly, as Louisa entered the room. The latter did not answer. Her own heart was heavy with its own responsibility. Mrs Durant lay silent awhile, then she murmured plaintively :

"You mustn't mind, Miss Louisa."

Machinalement, par la force de l'habitude, il tâtonna dans l'eau noire, y pêcha le savon et le linge de toilette, et les tendit en arrière à Louisa. Puis il resta raide et soumis, appuyé dans la terrine sur ses deux bras tendus qui supportaient le poids de ses épaules. Sa peau était admirablement blanche et unie, d'une blancheur solide et opaque. Peu à peu Louisa s'en rendit compte : cela aussi, c'était lui. Elle en était fascinée. Son sentiment d'isolement disparut : elle cessa de refuser le contact avec lui et avec sa mère. Il y avait cette source de vie. Son cœur brûla. Elle avait atteint un but, ce beau corps, clair et viril. Elle éprouvait pour lui un sentiment brûlant et impersonnel. Mais le cou et les oreilles rougis par le soleil, c'était plus personnel, plus intéressant. Une tendresse monta en elle et elle aima même les oreilles bizarres. Pour elle, il était un être proche, une personne. Elle posa la serviette et remonta à l'étage, troublée dans son cœur. Elle n'avait vu qu'un être humain dans sa vie, et c'était Mary. Tous les autres étaient des étrangers. Maintenant son âme allait s'ouvrir, elle allait en découvrir une autre. Elle se sentait étrange, porteuse d'inconnu.

« Il sera plus à son aise », murmura la malade d'une voix lointaine quand Louisa entra dans la chambre. Celle-ci ne répondit pas. Son cœur était accablé par les obligations qu'elle se devait à elle-même. Mrs Durant se tut un moment, puis elle murmura, plaintive :

« Il ne faut pas nous en vouloir, Miss Louisa.

"Why should I?" replied Louisa, deeply moved.

"It's what we're used to," said the old woman.

And Louisa felt herself excluded again from their life. She sat in pain, with the tears of disappointment distilling in her heart. Was that all?

Alfred came upstairs. He was clean, and in his shirt-sleeves. He looked a workman now. Louisa felt that she and he were foreigners, moving in different lives. It dulled her again. Oh, if she could only find some fixed relations, something sure and abiding.

"How do you feel?" he said to his mother.

"It's a bit better," she replied wearily, impersonally. This strange putting herself aside, this abstracting herself and answering him only what she thought good for him to hear, made the relations between mother and son poignant and cramping to Miss Louisa. It made the man so ineffectual, so nothing. Louisa groped as if she had lost him. The mother was real and positive — he was not very actual. It puzzled and chilled the young woman.

"I'd better fetch Mrs Harrison?" he said, waiting for his mother to decide.

"I suppose we shall have to have somebody," she replied.

Miss Louisa stood by, afraid to interfere in their business.

— Mais pourquoi vous en voudrais-je? répondit Louisa, profondément remuée.

— C'est notre habitude », dit la vieille femme.

Et de nouveau Louisa se sentit exclue de leur vie. Elle restait assise, souffrant, les larmes de la déception lui tombant sur le cœur. Était-ce tout?

Alfred monta. Il était propre, en bras de chemise. Il avait l'air d'un ouvrier, maintenant. Louisa eut l'impression qu'ils étaient étrangers l'un à l'autre, qu'ils se mouvaient dans des vies différentes. Elle en fut de nouveau abattue. Oh! si seulement elle pouvait trouver un rapport fixe, quelque chose de sûr et de durable.

« Comment te sens-tu? dit-il à sa mère.

— Ça va un peu mieux », répondit-elle d'une voix faible et neutre. Cet étrange parti pris de rester à l'écart, de faire abstraction d'elle-même et de ne répondre que ce qu'elle jugeait bon pour les oreilles de son fils, rendait les relations entre la mère et le fils poignantes, et, pour Miss Louisa, contrariantes. Cela retirait à l'homme toutes ses compétences, le réduisait à rien. Louisa tâtonnait comme pour le retrouver. La mère était concrète et positive; lui n'était pas très substantiel. Cela rendait la jeune femme perplexe et lui faisait froid dans le dos.

« Faut-il que j'aille chercher Mrs Harrison? dit-il, attendant la décision de sa mère.

— Je pense qu'il nous faudra quelqu'un », répondit-elle.

Miss Louisa restait un peu à l'écart, craignant de s'immiscer dans leurs affaires.

They did not include her in their lives, they felt she had nothing to do with them, except as a help from outside. She was quite external to them. She felt hurt and powerless against this unconscious difference. But something patient and unyielding in her made her say :

"I will stay and do the nursing : you can't be left."

The other two were shy, and at a loss for an answer.

"We s'll manage to get somebody," said the old woman wearily. She did not care very much what happened, now.

"I will stay until tomorrow, in any case," said Louisa. "Then we can see."

"I'm sure you've no right to trouble yourself," moaned the old woman. But she must leave herself in my hands.

Miss Louisa felt glad that she was admitted, even in an official capacity. She wanted to share their lives. At home they would need her, now Mary had come. But they must manage without her.

"I must write a note to the vicarage," she said.

Alfred Durant looked at her inquiringly, for her service.

Ils ne l'incluaient pas dans leur vie, ils avaient le sentiment qu'elle n'avait rien à faire avec eux, sinon pour apporter une aide extérieure. Pour eux, elle était l'étrangère. Elle se sentait blessée et impuissante face à cette divergence inconsciente. Mais une force patiente et farouche la poussa à dire :

« Je vais rester pour m'occuper des soins ; on ne peut pas vous laisser. »

Les deux autres, gênés, ne savaient que répondre.

« Nous trouverons bien quelqu'un », dit la femme d'un ton las. Elle ne se souciait plus beaucoup de ce qui allait arriver.

« Je vais rester jusqu'à demain, en tout cas, dit Louisa. Alors nous verrons.

— Faut surtout pas que ça vous dérange », gémit la vieille femme. Mais elle était obligée de s'abandonner à Louisa[1].

Miss Louisa fut heureuse d'être acceptée, même à titre officiel. Elle désirait partager leur vie. À la maison, on aurait besoin d'elle, maintenant que Mary était là. Mais il faudrait qu'on se débrouille sans elle.

« Il faut que j'envoie un mot au presbytère », dit-elle.

Alfred Durant la regarda d'un air interrogateur, pour savoir ce qu'elle désirait.

---

1. *But she must leave herself in… hands* : « elle était obligée de s'abandonner à… » Le texte dit ici curieusement *my hands*, alors qu'il devrait y avoir *her hands*. Ce n'est évidemment pas au narrateur que Mrs Durant doit remettre son destin.

He had always that intelligent readiness to serve, since he had been in the Navy. But there was a simple independence in his willingness, which she loved. She felt nevertheless it was hard to get at him. He was so deferential, quick to take the slightest suggestion of an order from her, implicitly, that she could not get at the man in him.

He looked at her very keenly. She noticed his eyes were golden brown, with a very small pupil, the kind of eyes that can see a long way off. He stood alert, at military attention. His face was still rather weather-reddened.

"Do you want pen and paper?" he asked, with deferential suggestion to a superior, which was more difficult for her than reserve.

"Yes, please," she said.

He turned and went downstairs. He seemed to her so self-contained, so utterly sure in his movement. How was she to approach him? For he would take not one step towards her. He would only put himself entirely and impersonally at her service, glad to serve her, but keeping himself quite removed from her. She could see he felt real joy in doing anything for her, but any recognition would confuse him and hurt him. Strange it was to her, to have a man going about the house in his shirt-sleeves, his waistcoat unbuttoned, his throat bare, waiting on her.

Il avait gardé cette promptitude intelligente à recevoir des ordres de l'époque où il avait servi dans la marine. Mais il y avait dans sa bonne volonté une affirmation naturelle de sa liberté, qui plut à Louisa. Cependant elle trouvait difficile d'établir un contact. Il était si respectueux, prêt à recevoir d'elle tout ce qui pouvait passer pour un ordre, sans le mettre en question, qu'elle ne pouvait atteindre l'homme en lui.

Il la regarda intensément. Elle remarqua que ses yeux étaient d'un brun doré, avec la pupille très petite des yeux qui voient loin. Il était attentif, se tenant au garde-à-vous des militaires. Son visage était resté assez hâlé.

« Voulez-vous de quoi écrire ? » demanda-t-il d'un ton de respectueuse suggestion à un supérieur, qui était plus pénible pour elle que la réserve.

« Oui, s'il vous plaît », dit-elle.

Il fit demi-tour et descendit. Il sembla à Louisa totalement maître de lui, complètement sûr de ses mouvements. Comment arriverait-elle jamais à l'approcher ? Car il ne ferait pas un pas vers elle. Il se contenterait de se mettre à son service, de façon entière mais impersonnelle, heureux de la servir, mais restant rigoureusement distant. Elle se rendait compte qu'il trouvait une véritable joie à faire quelque chose pour elle, mais qu'il serait déconcerté et blessé par toute forme d'appréciation. C'était étrange pour elle qu'un homme circule dans la maison en bras de chemise, le gilet déboutonné, la gorge découverte, pour la servir.

He moved well, as if he had plenty of life to spare. She was attracted by his completeness. And yet, when all was ready, and there was nothing more for him to do, she quivered, meeting his questioning look.

As she sat writing, he placed another candle near her. The rather dense light fell in two places on the overfoldings of her hair till it glistened heavy and bright, like a dense golden plumage folded up. Then the nape of her neck was very white, with fine down and pointed wisps of gold. He watched it as it were a vision, losing himself. She was all that was beyond him, of revelation and exquisiteness. All that was ideal and beyond him she was that — and he was lost to himself in looking at her. She had no connexion with him. He did not approach her. She was there like a wonderful distance. But it was a treat, having her in the house. Even with this anguish for his mother tightening about him, he was sensible of the wonder of living this evening. The candles glistened on her hair, and seemed to fascinate him. He felt a little awe of her, and a sense of uplifting, that he and she and his mother should be together for a time, in the strange, unknown atmosphere. And, when he got out of the house, he was afraid.

Ses mouvements étaient aisés, comme s'il avait une grosse réserve d'énergie vitale. Elle était fascinée par cette plénitude. Et cependant, quand il eut tout préparé et qu'il ne lui restait plus rien à faire, elle tressaillit en croisant son regard interrogateur.

Pendant qu'elle écrivait, il mit près d'elle une seconde bougie. La lumière assez intense éclaira en deux endroits les ondulations de ses cheveux et les fit reluire d'un éclat lourd et brillant, comme le dense plumage doré d'ailes repliées. À ce moment-là, sa nuque était très blanche, avec un duvet fin et de petites mèches d'or effilées. Il l'observa comme si c'était une vision, se perdant dans cette contemplation. Elle représentait tout ce qui était hors d'atteinte pour lui, vision et raffinement inaccessibles. Tout ce qui était idéal et hors d'atteinte était là, et il se perdait en extase à la contempler. Il n'y avait rien de commun entre eux. Il ne se rapprocha pas d'elle. Elle était là, comme une merveille d'éloignement. Mais c'était un bonheur de l'avoir dans la maison. Même avec cette angoisse pour sa mère qui le tenaillait, il était sensible à la magie de la soirée qu'il était en train de vivre. Les bougies brillaient dans cette chevelure et semblaient le fasciner. Il était un peu terrorisé par elle, mais en même temps transporté de joie à l'idée qu'elle, lui et sa mère était rassemblés pour un instant dans cette atmosphère étrange et sans précédent. Et quand il fut dehors, il eut peur.

He saw the stars above ringing with fine brightness, the snow beneath just visible, and a new night was gathering round him. He was afraid almost with obliteration. What was this new night ringing about him, and what was he? He could not recognize himself nor any of his surroundings. He was afraid to think of his mother. And yet his chest was conscious of her, and of what was happening to her. He could not escape from her, she carried him with her into an unformed, unknown chaos.

XI

He went up the road in an agony, not knowing what it was all about, but feeling as if a red-hot iron were gripped round his chest. Without thinking, he shook two or three tears on to the snow. Yet in his mind he did not believe his mother would die. He was in the grip of some greater consciousness. As he sat in the hall of the vicarage, waiting whilst Mary put things for Louisa into a bag, he wondered why he had been so upset. He felt abashed and humbled by the big house, he felt again as if he were one of the rank and file. When Miss Mary spoke to him, he almost saluted.

"An honest man," thought Mary. And the patronage was applied as salve to her own sickness. She had station, so she could patronize : it was almost all that was left to her.

Il apercevait les étoiles au firmament cerclées d'un éclat pur, la neige à ses pieds tout juste visible, et une nouvelle nuit se resserrait autour de lui. Il eut peur au point d'en être anéanti. Qu'était cette nuit qui l'encerclait, et qu'était-il lui-même ? Il ne se reconnaissait pas lui-même, ni tout ce qui l'entourait. Il avait peur de penser à sa mère. Et pourtant, sa poitrine était consciente d'elle, de ce qui lui arrivait. Il ne pouvait lui échapper, elle le prenait avec elle dans un chaos informe et inconnu.

XI

Il remonta la route, angoissé, ne comprenant pas ce qui arrivait, mais sentant comme l'étreinte d'un fer rouge autour de sa poitrine. Sans s'en apercevoir, il laissa tomber deux ou trois larmes sur la neige. Pourtant il n'avait pas l'idée que sa mère allait mourir. Il était la proie d'une révélation plus grande. Assis dans le vestibule du presbytère, tandis que Mary préparait un sac pour Louisa, il se demandait ce qui avait pu le bouleverser ainsi. Il se sentait embarrassé et mortifié par cette maison de maîtres, il avait à nouveau l'impression de faire partie des sans-grade. Quand Mary lui adressa la parole, il faillit saluer.

« C'est un brave garçon », pensa Mary, et sa condescendance servait de baume à son propre malaise. Elle avait une haute condition, elle pouvait donc être condescendante : c'était à peu près tout ce qui lui restait.

But she could not have lived without having a certain position. She could never have trusted herself outside a definite place, nor respected herself except as a woman of superior class.

As Alfred came to the latch-gate, he felt the grief at his heart again, and saw the new heavens. He stood a moment looking northwards to the Plough climbing up the night, and at the far glimmer of snow in distant fields. Then his grief came on like physical pain. He held tight to the gate, biting his mouth, whispering "Mother!" It was a fierce, cutting, physical pain of grief, that came on in bouts, as his mother's pain came on in bouts, and was so acute he could scarcely keep erect. He did not know where it came from, the pain, nor why. It had nothing to do with his thoughts. Almost it had nothing to do with him. Only it gripped him and he must submit. The whole tide of his soul, gathering in its unknown towards this expansion into death, carried him with it helplessly, all the fritter of his thought consciousness caught up as nothing, the heave passing on towards its breaking, taking him further than he had ever been.

Mais elle n'aurait pu vivre sans avoir une certaine place dans la société. Elle n'aurait jamais gardé confiance en elle-même ailleurs qu'à un certain niveau ; ni gardé son respect humain sinon en qualité de femme de haut rang.

Quand Alfred arriva à la porte du jardin, il sentit à nouveau le chagrin dans son cœur, et il vit les cieux dévoilés. Il resta un instant à contempler vers le nord la Grande Ourse qui escaladait la nuit, et le miroitement lointain de la neige dans les champs éloignés. Puis son chagrin revint comme une douleur physique. Il s'accrocha à la barrière, mordant ses lèvres, murmurant : « Maman. » Ce chagrin était une douleur physique aiguë et violente, qui arrivait par accès brusques, tout comme la douleur de sa mère arrivait en accès brusques, et si aiguë qu'il pouvait à peine se tenir debout. Il ne savait pas d'où elle venait, cette douleur, ni pourquoi. Elle n'avait rien à voir avec son entendement. Elle n'avait presque rien à voir avec lui-même. Elle l'étreignait et il devait la subir, un point c'est tout. Le raz de marée de son âme, prenant naissance dans son inconscient pour se ruer dans l'idée de la mort, l'emporta comme un fétu de paille[1], toute la poussière de sa conscience intellectuelle réduite à rien, cette impulsion continuant jusqu'à son point de rupture, l'entraînant plus loin qu'il n'avait jamais été.

---

1. C'est la notion d'impuissance, que traduit littéralement *helplessly*, qui devient « comme un fétu de paille » dans la traduction, pour tenir compte de la collocation avec « emporter ».

When the young man had regained himself, he went indoors and there he was almost gay. It seemed to excite him. He felt in high spirits : he made whimsical fun of things. He sat on one side of his mother's bed, Louisa on the other, and a certain gaiety seized them all. But the night and the dread was coming on.

Alfred kissed his mother and went to bed. When he was half undressed the knowledge of his mother came upon him, and the suffering seized him in its grip like two hands, in agony. He lay on the bed screwed up tight. It lasted so long, and exhausted him so much, that he fell asleep, without having the energy to get up and finish undressing. He awoke after midnight to find himself stone cold. He undressed and got into bed, and was soon asleep again.

At a quarter to six he woke, and instantly remembered. Having pulled on his trousers and lighted a candle, he went into his mother's room. He put his hand before the candle flame so that no light fell on the bed.

"Mother!" he whispered.

"Yes," was the reply.

There was a hesitation.

"Should I go to work?"

He waited, his heart was beating heavily.

"I think I'd go, my lad."

His heart went down in a kind of despair.

"You want me to?"

Quand le jeune homme se fut repris, il rentra chez lui, presque gai. Cela semblait l'exciter. Il se sentait plein d'entrain : il faisait montre d'un humour fantasque. Assis d'un côté du lit de sa mère, il avait Louisa de l'autre côté et l'atmosphère devint presque gaie. Mais la nuit et ses terreurs étaient proches.

Alfred embrassa sa mère et alla se coucher. Quand il fut à demi dévêtu, la conscience de ce qu'avait sa mère s'empara de lui, et la souffrance le tint en son étreinte, comme entre deux mains, lui faisant souffrir le martyre. Il resta étendu sur le lit, tout crispé. Cela dura si longtemps et l'épuisa à un tel point, qu'il s'endormit, sans avoir l'énergie de se lever et de se déshabiller complètement. Il se réveilla après minuit pour découvrir qu'il était glacé jusqu'aux moelles. Il se déshabilla, se glissa dans son lit et se rendormit aussitôt.

À six heures moins le quart, il se réveilla, et se souvint tout à coup. Ayant passé son pantalon et allumé une bougie, il entra dans la chambre de sa mère. Il abrita la flamme de la main pour que la lueur ne tombe pas sur le lit.

« Mère ! dit-il à voix basse.

— Oui », répondit-elle.

Il hésita.

« Dois-je aller travailler ? »

Il attendit. Son cœur battait lourdement.

« À ta place, j'irais, mon garçon. »

Son cœur se serra en une sorte de désespoir.

« Tu veux que j'y aille ? »

He let his hand down from the candle flame. The light fell on the bed. There he saw Louisa lying looking up at him. Her eyes were upon him. She quickly shut her eyes and half buried her face in the pillow, her back turned to him. He saw the rough hair like bright vapour about her round head, and the two plaits flung coiled among the bedclothes. It gave him a shock. He stood almost himself, determined. Louisa cowered down. He looked, and met his mother's eyes. Then he gave way again, and ceased to be sure, ceased to be himself.

"Yes, go to work, my boy," said the mother.

"All right," replied he, kissing her. His heart was down at despair, and bitter. He went away.

"Alfred!" cried his mother faintly.

He came back with beating heart.

"What mother?"

"You'll always do what's right, Alfred?" the mother asked, beside herself in terror now he was leaving her. He was too terrified and bewildered to know what she meant.

"Yes," he said.

She turned her cheek to him. He kissed her, then went away, in bitter despair. He went to work.

XII

By midday his mother was dead. The word met him at the pit-mouth.

Il abaissa la main qui protégeait la flamme de la bougie. La lumière tomba sur le lit. Il vit Louisa couchée là et qui le regardait. Elle avait les yeux fixés sur lui. Elle ferma les yeux rapidement et, le visage à demi enfoui dans l'oreiller, elle lui tourna le dos. Il vit les cheveux en désordre, comme une nuée claire entourant sa tête ronde et les deux nattes qui épousaient librement les plis des draps. Cela lui donna un choc. Il resta plus ou moins en possession de lui-même, déterminé. Louisa se recroquevilla. Son regard croisa celui de sa mère. Alors, il céda à nouveau, cessa d'être confiant, cessa d'être lui-même.

« Oui, va travailler, mon garçon, dit la mère.

— Bon », répondit-il en l'embrassant. Son cœur avait rejoint le fond du désespoir et de l'amertume. Il s'en allait.

« Alfred ! » appela faiblement sa mère.

Il revint, le cœur battant.

« Quoi, mère ?

— Tu feras toujours ton devoir, Alfred ? » demanda la mère, folle de terreur maintenant qu'il la quittait. Il était trop terrifié et trop perplexe pour comprendre ce qu'elle voulait dire.

« Oui », répondit-il.

Elle lui tendit la joue. Il l'embrassa, puis s'en alla dans un amer désespoir. Il alla au travail.

XII

À midi, sa mère était morte. La nouvelle lui parvint à l'entrée du puits.

As he had known, inwardly, it was not a shock to him, and yet he trembled. He went home quite calmly, feeling only heavy in his breathing.

Miss Louisa was still at the house. She had seen to everything possible. Very succinctly, she informed him of what he needed to know. But there was one point of anxiety for her.

"You *did* half expect it — it's not come as a blow to you?" she asked, looking up at him. Her eyes were dark and calm and searching. She too felt lost. He was so dark and inchoate.

"I suppose — yes," he said stupidly. He looked aside, unable to endure her eyes on him.

"I could not bear to think you might not have guessed," she said.

He did not answer.

He felt it a great strain to have her near him at this time. He wanted to be alone. As soon as the relatives began to arrive, Louisa departed and came no more. While everything was arranging, and a crowd was in the house, whilst he had business to settle, he went well enough, with only those uncontrollable paroxysms of grief. For the rest, he was superficial.

Comme, au fond de lui-même, il avait compris, cela ne fut pas un choc pour lui; pourtant il se mit à trembler. Il rentra, très calme, ayant seulement du mal à respirer.

Miss Louisa était encore dans la maison. Elle s'était occupée de tout ce qu'on peut imaginer. En peu de mots, elle lui apprit ce qu'il avait besoin de savoir. Mais il y avait un point qui la tourmentait.

« Vous vous y attendiez un peu, n'est-ce pas ? Le coup n'a pas été trop terrible ? » demanda-t-elle, le regard levé vers lui. Ses yeux étaient sombres, calmes, pénétrants. Elle aussi se sentait perdue. Il était si sombre et si perturbé[1].

« Je suppose que oui », dit-il stupidement. Il détourna les yeux, incapable de supporter le regard qu'elle posait sur lui.

« Il m'était insupportable de penser que vous n'aviez peut-être pas deviné. »

Il ne répondit rien.

Il trouvait agaçant de l'avoir auprès de lui en de tels moments. Il avait besoin d'être seul. Aussitôt que les parents commencèrent d'arriver, Louisa partit et ne revint plus. Pendant que tout s'organisait, et qu'il y avait foule à la maison, tant qu'il eut des affaires à régler, il se sentit relativement bien, à part ces incontrôlables paroxysmes de chagrin. À l'égard des autres, il était superficiel.

---

1. Au début du xxᵉ siècle, le sens classique du mot *inchoate*, « commencé, tout juste ébauché », est complété par celui de « confus, chaotique ».

By himself, he endured the fierce, almost insane bursts of grief which passed again and left him calm, almost clear, just wondering. He had not known before that everything could break down, that he himself could break down, and all be a great chaos, very vast and wonderful. It seemed as if life in him had burst its bounds, and he was lost in a great, bewildering flood, immense and unpeopled. He himself was broken and spilled out amid it all. He could only breathe panting in silence. Then the anguish came on again.

When all the people had gone from the Quarry Cottage, leaving the young man alone, with an elderly housekeeper, then the long trial began. The snow had thawed and frozen, a fresh fall had whitened the grey, this then began to thaw. The world was a place of loose grey slosh. Alfred had nothing to do in the evenings. He was a man whose life had been filled up with small activities. Without knowing it, he had been centralized, polarized in his mother. It was she who had kept him. Even now, when the old housekeeper had left him, he might still have gone on in his old way. But the force and balance of his life was lacking. He sat pretending to read, all the time holding his fists clenched, and holding himself in, enduring he did not know what.

Seul, il était en proie à ces accès de chagrin féroces, presque déments, qui dans leurs intervalles le laissaient calme, presque lucide, juste un peu perplexe. Il comprenait pour la première fois que tout peut s'effondrer, qu'il pouvait lui-même s'effondrer, et que tout pourrait devenir un grand chaos, vaste et étonnant. On aurait dit qu'en lui la vie avait forcé ses barrages, et qu'il était noyé dans un grand déluge déroutant, immense et désert. Il se sentait brisé et vidé au milieu de tout cela. Il ne pouvait que haleter en silence. Puis l'angoisse reprenait.

Quand tout le monde eut quitté le cottage de la carrière, laissant le jeune homme seul avec une femme âgée chargée de tenir la maison, alors ce fut le commencement de la longue épreuve. La neige avait fondu et regelé, puis de la neige fraîche avait blanchi ce gris, et tout cela se mit alors à dégeler. Le monde n'était plus qu'une bouillasse grise. Alfred n'avait rien à faire de ses soirées. C'était un homme dont la vie avait été remplie de petites occupations. Sans s'en rendre compte, il s'était focalisé, polarisé sur sa mère. C'est elle qui l'avait fait vivre. Maintenant encore, après le départ de la vieille gouvernante, il aurait pu continuer comme jadis. Mais le ressort et le balancier de sa vie manquaient. Il restait assis à essayer de lire, tenant continuellement les poings serrés, refusant de se laisser aller, sans comprendre ce qu'il endurait.

He walked the black and sodden miles of field-paths, till he was tired out : but all this was only running away from whence he must return. At work he was all right. If it had been summer he might have escaped by working in the garden till bedtime. But now, there was no escape, no relief, no help. He, perhaps, was made for action rather than for understanding; for doing than for being. He was shocked out of his activities, like a swimmer who forgets to swim.

For a week, he had the force to endure this suffocation and struggle, then he began to get exhausted, and knew it must come out. The instinct of self-preservation became strongest. But there was the question : Where was he to go ? The public-house really meant nothing to him, it was no good going there. He began to think of emigration. In another country he would be all right. He wrote to the emigration offices.

On the Sunday after the funeral, when all the Durant people had attended church, Alfred had seen Miss Louisa, impassive and reserved, sitting with Miss Mary, who was proud and very distant, and with the other Lindleys, who were people removed. Alfred saw them as people remote. He did not think about it. They had nothing to do with his life. After service Louisa had come to him and shaken hands.

"My sister would like you to come to supper one evening, if you would be so good."

Il arpentait les kilomètres de chemins noirs et détrempés de la campagne, jusqu'à l'épuisement : mais tout cela n'était qu'une fuite, pour échapper à ce à quoi il lui faudrait revenir. Au travail, il était satisfait. En été, il aurait pu trouver une échappatoire en travaillant au jardin jusqu'au moment de se coucher. Mais maintenant, il n'y avait nulle échappatoire, nul soulagement, nul secours. Il était peut-être plus fait pour l'action que pour la réflexion ; pour agir que pour être. Il était privé de ses activités par son état de choc, comme un nageur qui ne sait plus nager.

Pendant une semaine, il eut la force de supporter cette oppression et cette lutte, puis il commença à être épuisé, et il comprit qu'il lui fallait se sortir de là. L'instinct de conservation devint le plus fort. Mais une question se posait : où aller ? Le cabaret ne l'intéressait pas, cela ne servirait à rien de le fréquenter. Il se mit à penser à l'émigration. Dans un autre pays, il se tirerait d'affaire. Il écrivit aux consulats.

Le dimanche après l'enterrement, où tous les Durant étaient venus à l'église, Alfred avait aperçu Miss Louisa, impassible et réservée, assise à côté de Miss Mary, qui était fière et très distante, ainsi que des autres Lindley, qui planaient à des hauteurs inaccessibles. Alfred les voyait comme des gens hors d'atteinte. Il ne songeait pas à leur situation. Ils n'avaient rien à voir avec sa vie à lui. Après l'office, Louisa était venue à lui et lui avait serré la main.

« Ma sœur voudrait que vous nous fassiez la gentillesse de venir dîner un de ces soirs. »

He looked at Miss Mary, who bowed. Out of kindness, Mary had proposed this to Louisa, disapproving of herself even as she did so. But she did not examine herself closely.

"Yes," said Durant awkwardly, "I'll come if you want me." But he vaguely felt that it was misplaced.

"You'll come tomorrow evening, then, about half-past six."

He went. Miss Louisa was very kind to him. There could be no music, because of the babies. He sat with his fists clenched on his thighs, very quiet and unmoved, lapsing, among all those people, into a kind of muse or daze. There was nothing between him and them. They knew it as well as he. But he remained very steady in himself, and the evening passed slowly. Mrs Lindley called him "young man".

"Will you sit here, young man?"

He sat there. One name was as good as another. What had they to do with him?

Mr Lindley kept a special tone for him, kind, indulgent, but patronizing. Durant took it all without criticism or offence, just submitting. But he did not want to eat — that troubled him, to have to eat in their presence.

Il regarda Mary, qui inclina la tête. Par bonté, Mary avait proposé cela à Louisa, tout en se le reprochant au moment même où elle le faisait. Mais elle ne s'analysait pas en détail.

« Oui, dit Durant avec gaucherie. Je viendrai si ça vous fait plaisir. » Mais il sentait vaguement le côté incongru de la chose.

« Venez demain soir, alors, vers six heures et demie. »

Il y alla. Miss Louisa fut très gentille pour lui. On ne pouvait pas faire de musique, à cause des enfants. Il restait assis, les poings fermés sur ses cuisses, très calme et flegmatique, se laissant aller, au milieu de tous ces gens, à une sorte de songerie, ou d'abrutissement. Il ne pouvait rien y avoir entre eux. Ils le savaient aussi bien que lui. Mais il resta en pleine possession de lui-même et la soirée passa lentement. Mrs Lindley l'appelait « jeune homme ».

« Asseyez-vous donc ici, jeune homme. »

Il s'assit. Un nom en valait un autre. Qu'avait-il à faire avec eux ?

Mr Lindley lui réservait un ton particulier, bon, bienveillant, mais protecteur. Durant accepta tout cela sans critique ou vexation, par pure docilité. Mais il ne désirait pas manger : cela le perturbait, de devoir manger en leur présence[1]. Il savait qu'il n'était pas à sa place.

---

1. L'étiquette anglaise est impitoyable et fortement différenciée selon les classes sociales. On se souvient des pages cruelles dans lesquelles George Orwell divise la société anglaise en fonction de la façon de manger la soupe.

He knew he was out of place. But it was his duty to stay yet awhile. He answered precisely, in monosyllables.

When he left he winced with confusion. He was glad it was finished. He got away as quickly as possible. And he wanted still more intensely to go right away, to Canada.

Miss Louisa suffered in her soul, indignant with all of them, with him too, but quite unable to say why she was indignant.

XIII

Two evenings after, Louisa tapped at the door of the Quarry Cottage, at half-past six. He had finished dinner, the woman had washed up and gone away, but still he sat in his pit dirt. He was going later to the New Inn. He had begun to go there because he must go somewhere. The mere contact with other men was necessary to him, the noise, the warmth, the forgetful flight of the hours. But still he did not move. He sat alone in the empty house till it began to grow on him like something unnatural.

He was in his pit dirt when he opened the door.

"I have been wanting to call — I thought I would," she said, and she went to the sofa. He wondered why she wouldn't use his mother's round arm-chair.

Mais c'était son devoir de rester encore un peu. Il répondait avec précision, en monosyllabes.

Il partit tout grimaçant de confusion. Il était heureux que cela fût fini. Il s'échappa aussi rapidement que possible. Et son désir s'accrut encore de partir au plus vite, pour le Canada.

Miss Louisa souffrait en son âme, furieuse contre eux tous, et contre lui aussi, mais incapable de dire ce qui la rendait furieuse.

XIII

Deux jours plus tard, Louisa frappa à la porte du cottage de la carrière à six heures et demie. Il avait fini son dîner, la vieille femme avait fait la vaisselle et était partie, mais il avait encore sur lui la crasse de la mine. Il devait aller plus tard à l'Auberge Neuve. Il s'était mis à y aller parce qu'il fallait bien aller quelque part. Le simple contact des autres hommes lui était nécessaire, le bruit, la chaleur, la fuite oublieuse des heures. Mais il ne bougeait toujours pas. Il restait assis, seul dans la maison vide, jusqu'à ce que la présence de celle-ci s'empare de lui comme une influence perverse.

Il était couvert de la crasse de la mine quand il ouvrit la porte.

«Je voulais venir vous voir; j'ai pensé que je pouvais», dit-elle, et elle se dirigea vers le sofa. Il se demanda pourquoi elle évitait le fauteuil rond de sa mère.

Yet something stirred in him, like anger, when the housekeeper placed herself in it.

"I ought to have been washed by now," he said, glancing at the clock, which was adorned with butterflies and cherries, and the name of "T. Brooks, Mansfield." He laid his black hands along his mottled dirty arms. Louisa looked at him. There was the reserve, and the simple neutrality towards her, which she dreaded in him. It made it impossible for her to approach him.

"I am afraid," she said, "that I wasn't kind in asking you to supper."

"I'm not used to it," he said, smiling with his mouth, showing the interspaced white teeth. His eyes, however, were steady and unseeing.

"It's not *that*," she said hastily. Her repose was exquisite and her dark grey eyes rich with understanding. He felt afraid of her as she sat there, as he began to grow conscious of her.

"How do you get on alone?" she asked.

He glanced away to the fire.

"Oh —" he answered, shifting uneasily, not finishing his answer.

Her face settled heavily.

"How close it is in this room. You have such immense fires. I will take off my coat," she said.

He watched her take off her hat and coat.

Et pourtant quelque chose comme de la colère s'agitait en lui quand la gouvernante y prenait place.

«Je devrais être déjà lavé à cette heure-ci», dit-il, en jetant un regard à la pendule, qui était décorée de papillons et de cerises et portait le nom de «T. Brooks, Mansfield». Il croisa ses mains noires sur ses bras marbrés par la saleté. Louisa le regarda. Il y avait là cette réserve, cette neutralité naturelle vis-à-vis d'elle, qu'elle redoutait chez lui. Cela lui rendait impossible de l'approcher.

«Je crains, dit-elle, de ne pas vous avoir fait une gentillesse en vous invitant à dîner.

— Je n'en ai pas l'habitude», dit-il, souriant machinalement et découvrant ses dents blanches et écartées. Ses yeux, cependant, étaient fixes et vides.

«Ce n'est pas *cela*», dit-elle vivement. Il y avait quelque chose d'exquis dans son calme et ses yeux gris foncé brillaient de compréhension. Il avait peur d'elle en la voyant là, tandis que cette présence commençait à s'imposer à lui.

«Comment vous en tirez-vous tout seul?» demanda-t-elle.

Il détourna son regard vers le feu.

«Oh!...» répondit-il, avec un mouvement de gêne et sans finir sa réponse.

Les traits de la jeune fille se figèrent.

«On ne peut pas respirer dans cette pièce. Vous avez toujours un si grand feu. Je vais enlever mon manteau», dit-elle.

Il la regarda quitter son manteau et son chapeau...

She wore a cream cashmere blouse embroidered with gold silk. It seemed to him a very fine garment, fitting her throat and wrists close. It gave him a feeling of pleasure and cleanness and relief from himself.

"What were your thinking about, that you didn't get washed?" she asked, half intimately. He laughed, turning aside his head. The whites of his eyes showed very distinct in his black face.

"Oh," he said, "I couldn't tell you."

There was a pause.

"Are you going to keep this house on?" she asked.

He stirred in his chair, under the question.

"I hardly know," he said. "I'm very likely going to Canada."

Her spirit became very quiet and attentive.

"What for?"

Again he shifted restlessly on his seat.

"Well" — he said slowly — "to try the life."

"But which life?"

"There's various things — farming or lumbering or mining. I don't mind much what it is."

"And is that what you want?"

He did not think in these terms, so he could not answer.

"I don't know," he said, "till I've tried."

She saw him drawing away from her for ever.

"Aren't you sorry to leave this house and garden?" she asked.

Elle portait un corsage de cachemire crème brodé de soie d'or. Il trouva que c'était un beau vêtement, très ajusté au cou et aux poignets. Il lui donna une sensation de plaisir, de propreté et de libération.

« À quoi pensiez-vous donc, pour ne pas vous être lavé ? » lui demanda-t-elle d'un ton presque familier. Il rit, en détournant la tête. Le blanc de ses yeux étincelait dans sa face noire.

« Oh ! dit-il, je ne pourrais pas vous le dire. »

Il y eut un silence.

« Allez-vous conserver cette maison ? » demanda-t-elle.

Il se remua dans son fauteuil sous l'effet de cette question.

« Je ne le sais pas trop, dit-il. Je vais très probablement partir pour le Canada. »

L'âme de Louisa se fit calme et attentive.

« Pour quoi faire ? »

De nouveau, il s'agita sur son siège.

« Eh bien ! dit-il lentement, pour essayer de me faire une vie.

— Mais quelle vie ?

— Il y a le choix : l'agriculture, la forêt ou la mine. Peu m'importe ce que c'est.

— Et c'est vraiment cela que vous désirez ? »

Il n'avait pas cette manière de penser et ne put répondre.

« Je ne le sais pas, dit-il, pas tant que je n'aurai pas essayé. »

Elle le vit qui s'arrachait à elle pour toujours.

« Vous n'avez pas de regret à quitter cette maison et ce jardin ? demanda-t-elle.

"I don't know," he answered reluctantly. "I suppose our Fred would come in — that's what he's wanting."

"You don't want to settle down?" she asked.

He was leaning forward on the arms of his chair. He turned to her. Her face was pale and set. It looked heavy and impassive, her hair shone richer as she grew white. She was to him something steady and immovable and eternal presented to him. His heart was hot in an anguish of suspense. Sharp twitches of fear and pain were in his limbs. He turned his whole body away from her. The silence was unendurable. He could not bear her to sit there any more. It made his heart go hot and stifled in his breast.

"Were you going out tonight?" she asked.

"Only to the New Inn," he said.

Again there was silence.

She reached for her hat. Nothing else was suggested to her. She *had* to go. He sat waiting for her to be gone, for relief. And she knew that if she went out of that house as she was, she went out a failure. Yet she continued to pin on her hat; in a moment she would have to go. Something was carrying her.

Then suddenly a sharp pang, like lightning, seared her from head to foot, and she was beyond herself.

— Je ne sais pas, répondit-il sans conviction, je suppose que mon frère Fred viendrait l'habiter, c'est ça qu'il veut.

— Vous ne songez pas à vous établir?» demanda-t-elle.

Il était penché en avant, appuyé sur les bras de son fauteuil. Il se tourna vers elle. Le visage de Louisa était blanc et figé. Il semblait fixe et impassible, et ses cheveux brillaient de plus d'éclat à mesure qu'elle pâlissait. Elle était pour lui une chose stable, inébranlable et éternelle qui lui était offerte. Le cœur d'Alfred brûlait d'une angoisse d'incertitude. De vifs élancements de frayeur et de douleur lui traversaient les membres. Il se détourna d'elle d'un seul bloc. Le silence était intolérable. Il ne pouvait plus supporter qu'elle reste assise là. Cela faisait brûler et étouffer son cœur dans sa poitrine.

«Vous sortiez ce soir? demanda-t-elle.

— Rien qu'à l'Auberge Neuve», dit-il.

De nouveau un silence.

Elle tendit la main vers son chapeau. Aucune autre solution ne s'offrait. Il lui fallait absolument s'en aller. Dans son fauteuil, il attendait son départ comme un soulagement. Et elle savait que si elle sortait de cette maison en l'état actuel des choses, elle en sortirait vaincue. Cependant elle continuait à épingler son chapeau. Dans un instant il lui faudrait partir. Quelque chose la poussait.

Puis, tout d'un coup, une douleur lancinante, tel un éclair, la brûla de la tête aux pieds, et elle fut transportée.

"Do you want me to go?" she asked, controlled, yet speaking out of a fiery anguish, as if the words were spoken from her without her intervention.

He went white under his dirt.

"Why?" he asked, turning to her in fear, compelled.

"Do you want me to go?" she repeated.

"Why?" he asked again.

"Because I wanted to stay with you," she said, suffocated, with her lungs full of fire.

His face worked, he hung forward a little, suspended, staring straight into her eyes, in torment, in an agony of chaos, unable to collect himself. And as if turned to stone, she looked back into his eyes. Their souls were exposed bare for a few moments. It was agony. They could not bear it. He dropped his head, whilst his body jerked with little sharp twitchings.

She turned away for her coat. Her soul had gone dead in her. Her hands trembled, but she could not feel any more. She drew on her coat. There was a cruel suspense in the room. The moment had come for her to go. He lifted his head. His eyes were like agate, expressionless, save for the black points of torture. They held her, she had no will, no life any more. She felt broken.

"Don't you want me?" she said helplessly.

A spasm of torture crossed his eyes, which held her fixed.

«Voulez-vous que je m'en aille?» demanda-t-elle, pesant ses mots, et cependant inspirée par une angoisse violente, comme si les paroles sortaient de sa bouche sans son intervention.

Il devint blanc sous son charbon.

«Pourquoi? demanda-t-il, se tournant vers elle, épouvanté, dompté.

— Voulez-vous que je m'en aille? répéta-t-elle.

— Pourquoi? demanda-t-il à nouveau.

— Parce que je voulais rester près de vous», dit-elle, suffocante, les poumons en feu.

Le visage de Durant s'anima, il se pencha en avant, en suspension, la fixant droit dans les yeux, torturé, dans un torrent d'angoisse, incapable de se reprendre. Et elle, immobile comme une statue, lui rendait son regard. Leurs âmes furent à nu quelques secondes. C'était intolérable. Ils ne pouvaient le supporter. Il laissa tomber sa tête, tandis que son corps était secoué de petites convulsions aiguës.

Elle se détourna pour prendre son manteau. Son âme était devenue insensible. Ses mains tremblaient, mais elle ne sentait plus rien. Elle enfila son manteau. Une attente mortelle hanta la pièce. C'était pour elle le moment de partir. Il releva la tête. Ses yeux étaient semblables à l'agate, vides d'expression, sauf les points noirs de sa souffrance. Ils la tenaient. Elle n'avait plus de volonté, plus de vie. Elle se sentait brisée.

«Vous ne voulez pas de moi?» dit-elle, désarmée.

Un spasme de douleur passa dans les yeux qui la fixaient toujours.

"I — I —" he began, but he could not speak. Something drew him from his chair to her. She stood motionless, spellbound, like a creature given up as prey. He put his hand tentatively, uncertainly, on her arm. The expression of his face was strange and inhuman. She stood utterly motionless. Then clumsily he put his arms round her, and took her, cruelly, blindly, straining her till she nearly lost consciousness, till he himself had almost fallen.

Then, gradually, as he held her gripped, and his brain reeled round, and he felt himself falling, falling from himself, and whilst she, yielded up, swooned to a kind of death of herself, a moment of utter darkness came over him, and they began to wake up again as if from a long sleep. He was himself.

After a while his arms slackened, she loosened herself a little, and put her arms round him, as he held her. So they held each other close, and hid each against the other for assurance, helpless in speech. And it was ever her hands that trembled more closely upon him, drawing him nearer into her, with love.

And at last she drew back her face and looked up at him, her eyes wet, and shining with light. His heart, which saw, was silent with fear. He was with her. She saw his face all sombre and inscrutable, and he seemed eternal to her.

«Je… Je… », commença-t-il, mais il ne pouvait parler. Une force l'arracha à son fauteuil et le mena jusqu'à elle. Elle ne bougeait pas, fascinée, comme un animal qui s'abandonne au chasseur. D'un geste incertain, il lui posa timidement la main sur le bras. L'expression de son visage était étrange et inhumaine. Elle resta absolument inerte. Alors, maladroitement, il la prit dans ses bras et l'attira à lui, cruellement, aveuglément, la serrant jusqu'à lui faire presque perdre connaissance, jusqu'à ce que lui-même crût défaillir.

Alors, peu à peu, tandis qu'il restait agrippé à elle, et qu'il se sentait tomber en une chute hors de lui-même, et tandis qu'elle, se soumettant, s'évanouissait en une espèce de mort de son individualité, il fut envahi un instant par une obscurité totale, et ils se réveillèrent comme d'un long sommeil. Il s'était trouvé lui-même.

Au bout de quelques instants ses bras se relâchèrent, elle se dégagea un peu, et ce fut elle qui l'entoura des siens, sans briser son étreinte. Ils restèrent ainsi, serrés l'un contre l'autre, s'abritant l'un contre l'autre, pour se donner du courage, incapables de s'exprimer. Et c'étaient toujours ses mains à elle qui tremblaient le plus, tout contre lui, le pressant au plus profond d'elle, avec amour.

Et à la fin elle recula son visage et leva vers lui des yeux humides, pleins de lumière. Son cœur, qui les vit, fut muet de crainte. Il était uni à elle. Elle vit ce visage si sombre, indéchiffrable, et Alfred fut pour elle l'éternité.

And all the echo of pain came back into the rarity of bliss, and all her tears came up.

"I love you," she said, her lips drawn to sobbing. He put down his head against her, unable to hear her, unable to bear the sudden coming of the peace and passion that almost broke his heart. They stood together in silence whilst the thing moved away a little.

At last she wanted to see him. She looked up. His eyes were strange and glowing, with a tiny black pupil. Strange, they were, and powerful over her. And his mouth came to hers, and slowly her eyelids closed, as his mouth sought hers closer and closer, and took possession of her.

They were silent for a long time, too much mixed up with passion and grief and death to do anything but hold each other in pain and kiss with long, hurting kisses wherein fear was transfused into desire. At last she disengaged herself. He felt as if his heart were hurt, but glad, and he scarcely dared look at her.

"I'm glad," she said also.

He held her hands in passionate gratitude and desire. He had not yet the presence of mind to say anything. He was dazed with relief.

"I ought to go," she said.

He looked at her. He could not grasp the thought of her going, he knew he could never be separated from her any more. Yet he dared not assert himself. He held her hands tight.

Et le souvenir de toutes les douleurs traversa ce rare bonheur, et toutes ses larmes jaillirent.

«Je vous aime», dit-elle, les lèvres près du sanglot. Il appuya sa tête contre elle, incapable de l'entendre, incapable de supporter le flot soudain de passion et de paix qui faisait éclater son cœur. L'un contre l'autre, ils attendirent en silence que cela se fût un peu éloigné.

Enfin elle eut besoin de le regarder. Elle leva les yeux. Ceux du garçon brillaient d'un éclat étrange, avec leur toute petite pupille. Ils étaient étranges, vraiment, et la tenaient en leur pouvoir. Et sa bouche vint sur la sienne, et elle ferma lentement les paupières, tandis que cette bouche s'emparait de la sienne de plus en plus, et prenait possession d'elle tout entière.

Ils restèrent longtemps silencieux, trop empêtrés de passion, de chagrin et de mort pour ne pouvoir que s'étreindre dans la douleur, et s'embrasser en longs baisers douloureux où la peur se transmuait en désir. Enfin elle se dégagea. Il eut l'impression que son cœur était blessé mais heureux, et il n'osait guère la regarder.

«Je suis heureuse», dit-elle aussi.

Il lui prit les mains dans un geste de reconnaissance et de désir passionnés. Il n'avait toujours pas la présence d'esprit de dire un seul mot. Son soulagement l'étourdissait.

«Il faut que je m'en aille», dit-elle.

Il la regarda. Il ne pouvait concevoir l'idée de son départ; il savait qu'il ne pourrait plus être séparé d'elle. Et pourtant il n'osait pas s'affirmer. Il lui tenait les mains serrées.

"Your face is black," she said.

He laughed.

"Yours is a bit smudged," he said.

They were afraid of each other, afraid to talk. He could only keep her near to him. After a while she wanted to wash her face. He brought her some warm water, standing by and watching her. There was something he wanted to say, that he dared not. He watched her wiping her face, and making tidy her hair.

"They'll see your blouse is dirty," he said.

She looked at her sleeves and laughed for joy.

He was sharp with pride.

"What shall you do?" he asked.

"How?" she said.

He was awkward at a reply.

"About me," he said.

"What do you want me to do?" she laughed.

He put his hand out slowly to her. What did it matter!

"But make yourself clean," she said.

XIV

As they went up the hill, the night seemed dense with the unknown. They kept close together, feeling as if the darkness were alive and full of knowledge, all around them. In silence they walked up the hill. At first the street lamps went their way. Several people passed them.

« Votre figure est noire », dit-elle.

Il rit.

« La vôtre est un peu barbouillée », dit-il.

Ils avaient peur l'un de l'autre, peur de parler. Il ne pouvait que la garder près de lui. Au bout d'un moment, elle voulut se laver la figure. Il lui apporta de l'eau chaude et resta auprès d'elle à la regarder. Il voulait dire quelque chose, mais n'osait pas. Il l'observa pendant qu'elle s'essuyait le visage et remettait de l'ordre dans ses cheveux.

« On va voir que votre corsage est sale », dit-il.

Elle regarda ses manches et rit de bonheur.

Il était grisé de fierté.

« Qu'allez-vous faire ? demanda-t-il.

— Comment ? » dit-elle.

Il lui répondit avec gaucherie :

« Eh bien, pour moi ?

— Que voulez-vous que je fasse ? » dit-elle en riant.

Il tendit lentement la main vers elle. Qu'est-ce que cela pouvait faire !

« Mais lavez-vous », dit-elle.

XIV

Tandis qu'ils montaient la côte, la nuit semblait chargée d'inconnu. Ils se tenaient serrés, comme si pour eux l'obscurité qui les entourait était vivante et savait tout. Ils montèrent la côte en silence. Au début, leur chemin suivait les réverbères. Ils croisèrent plusieurs personnes.

197

He was more shy than she, and would have let her go had she loosened in the least. But she held firm.

Then they came into the true darkness, between the fields. They did not want to speak, feeling closer together in silence. So they arrived at the vicarage gate. They stood under the naked horse-chestnut tree.

"I wish you didn't have to go," he said.

She laughed a quick little laugh.

"Come tomorrow," she said, in a low tone, "and ask father."

She felt his hand close on hers.

She gave the same sorrowful little laugh of sympathy. Then she kissed him, sending him home.

At home, the old grief came on in another paroxysm, obliterating Louisa, obliterating even his mother for whom the stress was raging like a burst of fever in a wound. But something was sound in his heart.

XV

The next evening he dressed to go to the vicarage, feeling it was to be done, not imagining what it would be like. He would not take this seriously.

198

Il était plus intimidé qu'elle, et l'aurait laissée aller, si elle l'avait lâché un tant soit peu. Mais elle tenait ferme.

Puis ils entrèrent dans la véritable obscurité, au milieu des champs. Ils ne sentaient pas le besoin de paroles, se sentant plus près l'un de l'autre dans le silence. Ils arrivèrent ainsi à la porte du presbytère. Ils s'arrêtèrent sous le marronnier dépouillé.

« Alors, vous allez me laisser ? » dit-il.

Elle eut un petit rire bref.

« Venez demain, dit-elle tout bas, pour demander à mon père. »

Elle sentit la main du garçon qui se fermait sur la sienne.

Elle eut encore son petit rire triste et attendri. Puis elle l'embrassa et le renvoya chez lui.

Quand il fut rentré, son ancienne détresse s'empara de lui sous la forme d'un nouveau paroxysme qui effaça Louisa, qui effaça même sa mère, à l'égard de qui ses tourments faisaient rage comme un accès de fièvre au fond d'une plaie. Mais il y avait quelque chose de serein dans son cœur.

XV

Le lendemain soir il s'habilla pour aller au presbytère, avec l'impression d'un devoir auquel il ne pouvait se soustraire, mais n'imaginant absolument pas comment cela se passerait. Il se refusait à prendre la chose au sérieux.

He was sure of Louisa, and this marriage was like fate to him. It filled him also with a blessed feeling of fatality. He was not responsible, neither had her people anything really to do with it.

They ushered him into the little study, which was fireless. By and by the vicar came in. His voice was cold and hostile and he said:

"What can I do for you, young man?"

He knew already, without asking.

Durant looked up at him, again like a sailor before a superior. He had the subordinate manner. Yet his spirit was clear.

"I wanted, Mr Lindley —" he began respectfully, then all the colour suddenly left his face. It seemed now a violation to say what he had to say. What was he doing there? But he stood on, because it had to be done. He held firmly to his own independence and self-respect. He must not be indecisive. He must put himself aside: the matter was bigger than just his personal self. He must not feel. This was his highest duty.

"You wanted —" said the vicar.

Durant's mouth was dry, but he answered with steadiness:

"Miss Louisa — Louisa — promised to marry me —"

"You asked Miss Louisa if she would marry you — yes —" corrected the vicar.

Il était sûr de Louisa et ce mariage était comme son destin. Cela le remplissait aussi d'une impression de fatalité bienheureuse. Il n'était pas responsable de ce qui arrivait, et sa famille à elle n'avait réellement rien à y voir non plus.

On l'introduisit dans le petit bureau, où il n'y avait pas de feu. Au bout d'un moment, le pasteur entra. Sa voix était froide et hostile ; il dit :

« Que puis-je faire pour vous, jeune homme ? »

Il avait déjà deviné, avant de poser la question.

Durant leva les yeux vers lui, une fois de plus comme un matelot devant un supérieur. Il avait les manières d'un subalterne. Et pourtant il était maître de lui-même.

« Je voulais, Mr Lindley… » commença-t-il d'un ton respectueux, puis son visage perdit soudain toutes ses couleurs. Cela lui paraissait maintenant sacrilège de dire ce qu'il avait à dire. Que faisait-il là ? Mais il resta ferme, car il fallait en passer par là. Il s'accrocha à sa propre indépendance et à son amour-propre. Il ne fallait pas paraître hésitant. Il ne lui fallait pas songer à lui-même ; cette affaire dépassait sa simple personne. Il fallait se rendre insensible. C'était son plus haut devoir.

« Vous vouliez… » dit le pasteur.

Durant avait la bouche sèche, mais il répondit avec fermeté :

« Miss Louisa… Louisa… a promis de m'épouser.

— Vous avez demandé à Miss Louisa si elle voulait vous épouser… c'est cela », corrigea le pasteur.

Durant reflected he had not asked her this :

"If she would marry me, sir. I hope you — don't mind."

He smiled. He was a good-looking man, and the vicar could not help seeing it.

"And my daughter was willing to marry you?" said Mr Lindley.

"Yes," said Durant seriously. It was pain to him, nevertheless. He felt the natural hostility between himself and the elder man.

"Will you come this way?" said the vicar. He led into the dining-room, where were Mary, Louisa, and Mrs Lindley. Mr Massy sat in a corner with a lamp.

"This young man has come on your account, Louisa?" said Mr Lindley.

"Yes," said Louisa, her eyes on Durant, who stood erect, in discipline. He dared not look at her, but he was aware of her.

"You don't want to marry a collier, you little fool," cried Mrs Lindley harshly. She lay obese and helpless upon the couch, swathed in a loose dove-grey gown.

"Oh, hush, mother," cried Mary, with quiet intensity and pride.

"What means have you to support a wife?" demanded the vicar's wife roughly.

Durant se fit la réflexion qu'il ne le lui avait pas demandé.

« Si elle voulait m'épouser, Monsieur. J'espère que cela ne vous… ennuie pas. »

Il sourit. Il était vraiment bien de sa personne et le pasteur ne pouvait s'empêcher de le remarquer.

« Et ma fille était disposée à vous épouser ? demanda Mr Lindley.

— Oui », dit Durant d'un ton sérieux. Cela le faisait souffrir néanmoins. Il avait conscience de l'hostilité naturelle qui existait entre lui et l'homme d'âge mûr.

« Voulez-vous venir par ici ? » dit le pasteur. Il le conduisit dans la salle à manger, où se trouvaient Mary, Louisa et Mrs Lindley. Mr Massy était assis dans un coin, près d'une lampe.

« Ce jeune homme vient de votre part, Louisa ? demanda Mr Lindley.

— Oui », dit Louisa, les yeux fixés sur Durant, qui se tenait droit, réglementairement. Lui n'osait pas la regarder, mais il sentait sa présence.

« Tu ne vas pas épouser un mineur, petite idiote ! » s'écria brutalement Mrs Lindley. Elle était étendue sur la chaise longue dans son obésité impuissante, drapée dans une ample robe gris tourterelle.

« Oh, je vous en prie, maman, dit Mary avec une intense et calme dignité.

— Quelles ressources avez-vous pour subvenir aux besoins d'une épouse ? demanda rudement la femme du pasteur.

"I!" Durant replied, starting. "I think I can earn enough."

"Well, and how much?" came the rough voice.

"Seven and six a day," replied the young man.

"And will it get to be any more?"

"I hope so."

"And are you going to live in that poky little house?"

"I think so," said Durant, "if it's all right."

He took small offence, only was upset, because they would not think him good enough. He knew that, in their sense, he was not.

"Then she's a fool, I tell you, if she marries you," cried the mother roughly, casting her decision.

"After all, mama, it is Louisa's affair," said Mary distinctly, "and we must remember —"

"As she makes her bed, she must lie — but she'll repent it," interrupted Mrs Lindley.

"And after all," said Mr Lindley, "Louisa cannot quite hold herself free to act entirely without consideration for her family."

"What do you want, papa?" asked Louisa sharply.

"I mean that if you marry this man, it will make my position very difficult for me, particularly if you stay in this parish. If you were moving quite away, it would be simpler.

— Moi ? répondit Durant en sursautant, il me semble que ce que je gagne peut suffire.

— Et c'est combien ? fit la voix insultante.

— Sept shillings et six pence par jour, répondit le jeune homme.

— Et cela augmentera-t-il ?

— J'espère.

— Et vous allez vivre dans cette petite maison minuscule ?

— Oui, je crois, dit Durant, s'il n'y a pas d'inconvénient à cela. »

Il ne se fâchait pas, mais il était désolé, parce que ces gens n'allaient pas le trouver digne d'eux. Il savait qu'à leur point de vue, il ne l'était pas.

« Alors, elle est bien bête de vous épouser, c'est moi qui vous le dis, s'écria la mère, donnant son avis sans ménagements.

— Après tout, mère, c'est l'affaire de Louisa, dit Mary d'une voix nette, et nous ne devons pas oublier que...

— Eh bien, qu'elle en fasse à sa tête[1], mais elle s'en repentira, interrompit Mrs Lindley.

— Et d'ailleurs, dit Mr Lindley, Louisa ne peut pas vraiment se considérer absolument libre d'agir sans prendre sa famille en considération.

— Que voulez-vous dire, père ? demanda sèchement Louisa.

— Je veux dire que si tu épouses ce garçon, cela me mettra dans une position très difficile, surtout si vous restez dans la paroisse. Si vous alliez vraiment loin, ce serait plus simple.

1. Mot à mot : « comme on fait son lit on se couche ».

But living here in a collier's cottage, under my nose, as it were — it would be almost unseemly. I have my position to maintain, and a position which may not be taken lightly."

"Come over here, young man," cried the mother, in her rough voice, "and let us look at you."

Durant, flushing, went over and stood — not quite at attention, so that he did not know what to do with his hands. Miss Louisa was angry to see him standing there, obedient and acquiescent. He ought to show himself a man.

"Can't you take her away and live out of sight?" said the mother. "You'd both of you be better off."

"Yes, we can go away," he said.

"Do you want to?" asked Miss Mary clearly.

He faced round. Mary looked very stately and impressive. He flushed.

"I do if it's going to be a trouble to anybody," he said.

"For yourself, you would rather stay?" said Mary.

"It's my home," he said, "and that's the house I was born in."

"Then" — Mary turned clearly to her parents — "I really don't see how you can make the conditions, papa. He has his own rights, and if Louisa wants to marry him —"

"Louisa, Louisa!" cried the father impatiently. "I cannot understand why Louisa should not behave in the normal way.

Mais vivre ici, dans un logement de mineur, sous mon nez pour ainsi dire, cela serait presque indécent. J'ai ma situation à maintenir, et c'est une situation qui ne saurait être prise à la légère.

— Venez par ici, jeune homme », s'écria la mère de sa voix rauque, qu'on vous regarde.

Durant, rougissant, avança près d'elle et s'arrêta, pas tout à fait au garde-à-vous, de sorte qu'il ne savait que faire de ses mains. Miss Louisa fut furieuse de le voir planté là, obéissant et consentant. Elle aurait voulu qu'il se montrât plus homme.

« Ne pouvez-vous pas l'emmener ailleurs et vivre à l'abri des regards ? dit la mère. Pour vous deux cela vaudrait mieux.

— Si. Nous pouvons partir, dit-il.

— Mais le désirez-vous ? » demanda clairement Miss Mary.

Il fit volte-face. Mary était très majestueuse et intimidante. Il rougit.

« Oui, plutôt que de causer des ennuis à qui que ce soit, dit-il.

— Mais pour vous-même, vous préféreriez rester, dit Mary.

— C'est chez moi, dit-il. Et c'est la maison où je suis né.

— Alors — Mary se tourna sans ambiguïté vers ses parents — je ne vois vraiment pas comment vous pouvez poser de telles conditions, père. Il a tous les droits, et si Louisa veut l'épouser…

— Toujours Louisa ! s'écria le père en colère. Je ne comprends pas pourquoi Louisa ne se conduirait pas de façon normale.

I cannot see why she should only think of herself, and leave her family out of count. The thing is enough in itself, and she ought to try to ameliorate it as much as possible. And if —"

"But I love the man, papa," said Louisa.

"And I hope you love your parents, and I hope you want to spare them as much of the — the loss of prestige, as possible."

"We *can* go away to live," said Louisa, her face breaking to tears. At last she was really hurt.

"Oh, yes, easily," Durant replied hastily, pale, distressed.

There was dead silence in the room.

"I think it would really be better," murmured the vicar, mollified.

"Very likely it would," said the rough-voiced invalid.

"Though I think we ought to apologize for asking such a thing," said Mary haughtily.

"No," said Durant. "It will be best all round." He was glad there was no more bother.

"And shall we put up the banns here or go to the registrar?" he asked clearly, like a challenge.

"We will go to the registrar," replied Louisa decidedly.

Again there was a dead silence in the room.

Je ne vois pas pourquoi elle ne songerait qu'à elle-même, sans tenir compte de sa famille. Ce qu'elle fait est assez grave en soi, et elle devrait essayer d'arrondir les angles autant que faire se peut. Et si…

— Mais je l'aime, père, dit Louisa.

— Et j'espère que tu aimes tes parents, et j'espère que tu as à cœur de leur épargner autant que possible une… perte de prestige.

— Rien ne nous empêche d'aller vivre ailleurs», dit Louisa, le visage soudain en larmes. Elle était enfin véritablement blessée.

«Oh, oui! Aucun problème», répondit précipitamment Durant, pâle, angoissé.

Il y eut un silence mortel dans la pièce.

«Je crois vraiment que cela vaudra mieux, murmura le pasteur, rasséréné.

— Sans aucun doute, dit la voix rauque de la malade.

— Mais je crois que nous devrions nous excuser d'avoir demandé une telle chose, dit Mary avec hauteur.

— Non, dit Durant. Cela vaudra mieux pour tout le monde.» Il était heureux de voir la fin de ses tracas.

«Et devrons-nous publier les bans ici, ou aller au Registre Civil? demanda-t-il clairement, à la façon d'un défi.

— Nous irons au Registre Civil», répondit Louisa d'un ton décidé.

De nouveau, un silence mortel emplit la pièce.

"Well, if you will have your own way, you must go your own way," said the mother emphatically.

All the time Mr Massy had sat obscure and unnoticed in a corner of the room. At this juncture he got up, saying:

"There is baby, Mary."

Mary rose and went out of the room, stately; her little husband padded after her. Durant watched the fragile, small man go, wondering.

"And where," asked the vicar, almost genial, "do you think you will go when you are married?"

Durant started.

"I was thinking of emigrating," he said.

"To Canada? Or where?"

"I think to Canada."

"Yes, that would be very good."

Again there was a pause.

"Whe shan't see much of you then, as a son-in-law," said the mother, roughly but amicably.

"Not much," he said.

Then he took his leave. Louisa went with him to the gate. She stood before him in distress.

"You won't mind them, will you?" she said humbly.

"I don't mind them, if they don't mind me!" he said. Then he stooped and kissed her.

"Let us be married soon," she murmured, in tears.

"All right," he said. "I'll go tomorrow to Barford."

«Eh bien, faites ce qu'il vous plaira[1]», dit la mère en accentuant ses mots.

Tout ce temps, Mr Massy était resté assis dans un coin de la pièce, obscur et inaperçu. À ce moment, il se leva et dit :

«Mary, le bébé!»

Mary se leva et quitta la pièce, majestueuse; son petit mari la suivit en trottinant. Durant regarda sortir le petit homme fragile, intrigué.

«Et où, demanda le pasteur, presque affable, pensez-vous aller après votre mariage?»

Durant tressaillit.

«Je pensais émigrer, dit-il.

— Au Canada? ou ailleurs?

— Au Canada, je pense.

— Oui, cela serait très bien.»

De nouveau il y eut une pause.

«On ne vous verra pas beaucoup, alors, quand vous serez notre gendre, dit la mère d'une voix rude mais amicale.

— Pas beaucoup», dit-il.

Puis il prit congé. Louisa l'accompagna à la porte du jardin. Elle se tint devant lui toute désolée.

«Tu ne leur en veux pas, n'est-ce pas? dit-elle humblement.

— Je ne leur en veux pas s'ils ne m'en veulent pas», dit-il. Puis il se pencha et l'embrassa.

«Marions-nous vite, murmura-t-elle, en larmes.

— Très bien, dit-il, j'irai demain à Barford.»

1. L'expression anglaise est plus longue, mais ne veut pas dire plus que son équivalent. Le mot à mot en est : «Si vous voulez faire ce qui vous plaît, vous devez faire ce qui vous plaît.»

DU MÊME AUTEUR

DANS LA COLLECTION FOLIO BILINGUE

The Virgin and the Gipsy / La vierge et le gitan (n° 30)
Traduction, préface et notes de Bernard Jean

DANS LA COLLECTION FOLIO

Amants et fils (n° 1255)

Femmes amoureuses (n° 2102)

Les filles du pasteur (n° 1429)

L'Homme et la poupée (n° 1340)

Kangourou (n° 2848)

L'amant de Lady Chatterley (n° 2499)

PIRANDELLO *Novelle per un anno II (scelta)* / Nouvelles pour une année II (choix)

PIRANDELLO *Sei personaggi in cerca d'autore* / Six personnages en quête d'auteur

SCIASCIA *Il contesto* / Le contexte

SVEVO *Corto viaggio sentimentale* / Court voyage sentimental

VERGA *Cavalleria rusticana ed altre novelle* / Cavalleria rusticana et autres nouvelles

ESPAGNOL

BORGES *El libro de arena* / Le livre de sable

BORGES *Ficciones* / Fictions

CARPENTIER *Concierto barroco* / Concert baroque

CARPENTIER *Guerra del tiempo* / Guerre du temps

CERVANTES *Novelas ejemplares (selección)* / Nouvelles exemplaires (choix)

CERVANTES *El amante liberal* / L'amant généreux

CORTÁZAR *Las armas secretas* / Les armes secrètes

CORTÁZAR *Queremos tanto a Glenda (selección)* / Nous l'aimions tant, Glenda (choix)

UNAMUNO *Cuentos (seleccion)* / Contes (choix)

VARGAS LLOSA *Los cachorros* / Les chiots.

PORTUGAIS

EÇA DE QUEIROZ *Singularidades de uma rapariga loira* / Une singulière jeune fille blonde

MACHADO DE ASSIS *O alienista* / L'aliéniste

Impression Bussière Camedan Imprimeries
à Saint-Amand (Cher), le 13 février 2001.
Dépôt légal : février 2001.
Numéro d'imprimeur : 010639/1.
ISBN 2-07-041401-9./Imprimé en France.